大
方
sight

Liberation Day
George Saunders

幸福世界

[美]乔治·桑德斯 著
孟雨慧 译

中信出版集团 | 北京

图书在版编目（CIP）数据

幸福世界 /（美）乔治·桑德斯著；孟雨慧译. --
北京：中信出版社，2024.11. -- ISBN 978-7-5217
-6853-4

I. I712.45

中国国家版本馆 CIP 数据核字第 2024AF5806 号

Liberation Day by George Saunders
Copyright ©2022 by George Saunders
All rights reserved including the right of reproduction in whole or in part in any form.
This edition published by arrangement with Random House, an imprint and division of Penguin Random House LLC
Simplified Chinese translation copyright ©2024 by CITIC Press Corporation
ALL RIGHTS RESERVED
本书仅限中国大陆地区发行销售

幸福世界
著者： ［美］乔治·桑德斯
译者： 孟雨慧
出版发行：中信出版集团股份有限公司
（北京市朝阳区东三环北路 27 号嘉铭中心 邮编 100020）
承印者： 保定市中画美凯印刷有限公司

开本：880mm×1230mm 1/32	印张：8.75　　字数：160 千字
版次：2024 年 11 月第 1 版	印次：2024 年 11 月第 1 次印刷
京权图字：01-2024-4339	书号：ISBN 978-7-5217-6853-4

定价：59.00 元

版权所有·侵权必究
如有印刷、装订问题，本公司负责调换。
服务热线：400-600-8099
投稿邮箱：author@citicpub.com

目 录

解放日　1

大胆行事的妈妈　74

爱的来信　109

工作一事　120

麻雀　150

食尸鬼　159

母亲节　198

艾略特·斯宾塞　229

我的房子　267

解放日

今天是过渡期的第三天

真是个漫长的**过渡期**,于我们而言。

我们整天都在寻思:昂先生何时会回来?回**指挥台**?昂特梅耶一家(昂先生、昂太太,还有他们成年了的儿子迈克)开心吗?如果他们开心,为什么呢?如果不开心,又是为什么呢?我们下一次被要求**发言**是什么时候?说些什么呢,用什么口气?

我们思来想去。纵使没有出声。因为那会招致**处罚**。犯错的人会在一双双不安的眼睛注视下被解除**束缚**,带去一处要命的**处刑地**(昂特梅耶家的处刑地是院子里的一座小棚)。在**处罚**期间,受罚者被安排到暗处,坐在铁锹之间。这个人可以说话。却不能**发言**。怎么可以呢?要想享受**发言**特别的欢欣滋味,这个人必须被**束缚**住。被束缚在**发言墙**上。

不然,这个人只能这么说话。

正如我现在正对着你讲话这般。

平淡，无奇，乏善可陈。

我们听到昂先生下到了大厅，思索着：或许今天是要对着**来宾**？

但不是。很快，我们发现这次不过是场**排演**。昂先生想要的是占线。

"泰德，你在哪儿，你在干吗呢？"屋里某一处传来了昂太太怒气冲冲的声音。

"在**收听室**呢。"他说道，"在占线。"

"哦，看在上帝的分上。"她说道。

当昂先生向你发送**脉冲**，它却尚未完全注入时，会产生一种奇特的感觉。犹如步入梦境之前或是说一种"似曾相识"，克雷格、劳伦和我是这么描述的。在这些罕见情形下，我们曾冒着**受刑**的风险，互相说起了话。一旦**脉冲**完全作用于你，你的话语就冒了出来，并不是你想说的，而是流过你，就好像是建立在一种基础上，那基础就是你，经过**脉冲**的增压，塑造成选定的**话题**。就这样，要是昂先生调到了，比如说**航海**话题，不管谁被他选中第一个开口，都会突然开始用上他或她自己的口气**发言**，说关于**航海**的事情，远比他或她不受**束缚**时说得引人入胜。昂先生想要占线，就会选择让我们所有人同时**讲述航海**；或低语或大声地；可以从右到左地**轮**过去（根据我们目前的**排布**，从克雷格到劳伦到我），我们每个人，轮流围着**航海**的话题发言。

今晚，我感受到了步入梦境之前 / 似曾相识的感觉。穿过大片湿滑的，在前一道巨浪下倾斜的主甲板，我发现自己正在大声呼喊，在千百种口音与方言的吼声混杂成的一座浑然的巴别塔中，雨斜打在黑色的木甲板上沧桑的双手抓紧或松开了沾满雨水的桅杆甲板上虬结着泛了青色霉斑的古老绳索裹着长靴的双脚跑前跑后去对付一个摇摇欲坠的绳结或是停滞不动每一个小伙子都在想他是要在风暴中挺过去还是要在幽闭的窒息中溺毙葬身于戴维·琼斯[1]的箱中与长满触手的深渊生物一道——

当我还在**发言**时，我还是意识到了怜悯与同情的目光。它们来自克雷格与劳伦，好似在说，虽然我们并没有完全听懂你说的，但做得好，杰瑞米，**讲得好**，你显然在尽力**讲好航海**。而且，就算最后有些模糊，难以剖析，好吧，那也是昂先生的错，显然是他把你的**冗长度**调太高了。

但他们不敢太严厉地评判我。

因为过不了多久他们的**脉冲**也会到。

休息时，我们还是保持被**束缚**着的状态，静静歇息。我

---

[1] 戴维·琼斯是《加勒比海盗》中的反派。——本中文版注

们现在的**姿势**：手脚大张，摆成字母 X 的形状，我们每个人歪斜的角度都略微不同。

像星星似的，还像一串从高空坠落的三个人。

昂先生带着啤酒和薯片回来了。

"我想想，"他说，"**城市**。来片城市风光。你们觉得怎么样？"

说话的**处罚**永远在生效，我们只是点点头，表示：当然，是的，**城市**听起来不错。

控制面板能让昂先生产出许多不同色彩的**发言**。我（又是第一个，我高兴地注意到）现在开始的**发言**不仅仅是**城市**；有**城市**，加上**悲伤**，加上**夏日**；以蓝绿色为主色；**城市**沿着一条宽阔的河流南北方向布局。我被设定用简短、轻快的句子**发言**。劳伦接着我，也**讲述**了一座南北布局、河流横跨的**城市**，但是，加上了：**饥饿**、**下着雨**、**兴高采烈**，她的整个**段落**由一个长句组成。克雷格的是：**城市**东西方向布局，白色、**冬天**、没有河流、猫咪横行，短句和长句交替出现，在他的**段落**结束时，他开始押韵，或者说试图押韵，而且还在用，或者说试图用——是昂先生正试图让他这么**发言**——五步抑扬格（！）**发言**。

到了**终幕**，我们三人同时就我们的**城市**进行**发言**。昂先生拨动**渐强音**，他让我们兴致勃勃地**发言**直至结束，以至于在后来我们三人都声嘶力竭。

昂先生一直**录**着音。他还给我们播了一小段。很开心。所以，我们也很开心。谁会不开心呢？嗯，还有昂太太。他把她叫进来，给她播了这一小段。

"那只不过是些乱七八糟的噪声，泰德。"她说着便走了出去。

我们望着昂先生。他光火了吗？瞧着像是。依然还相信我们。我们能从他的笑容里看出，在问：她有没有一丁点喜欢过我们的作品？

我们报以微笑：还没有。

昂先生爬上折梯，往我们每个人嘴里塞了一颗喉片。女仆珍拿着三支插在棍子上的湿海绵进来，用它们沾湿我们的嘴唇。接着就是**进食**，珍那口装着**进食大杂烩**的大罐子里探出了一支三头**主喂食管**，她把我们的**个人喂食管**连接到主喂食管上，把吃的**喂**给我们。

我们**吃着饭**，她便退到一旁读起自己的书。

尽管喉咙肿痛，我们却兴高采烈：**过渡期**结束了。

我们再度感到自己是有用之人，富有创意，融入团体。

到了深夜，房门发出吱嘎一声。穿着睡衣的昂太太进来了。

她径直迈向我，一如往常。

"杰瑞米，"她低语道，"你醒着吗？我无意打扰。可……"

"我醒着。"我低声回道。

她缓缓地将**指挥台**推过来,为了保持安静,她把它摆到了恰当的位置。为避免打扰到其他人,或惊动昂先生,她把支架上的话筒移到我的唇边,自己戴上耳机。她在我面前席地而坐,手探到后面,摸到了上方的**控制面板**,她按下"**开始**"键。

今晚的话题是**乡野**,加上**古代**;带有**逃离**的调调。

我开始**发言**(确切说,根据她的**设置**,是对着话筒**低语**):讲述她的**美丽**,讲述我们在意大利一片宁静的湖畔相遇;用简单客观的句子,因为我们是农民;我向她保证,总有一天我们会在远山深处销声匿迹;再多讲讲她的**美丽**;伴随无比高的**特异性**,我发现,当我描述她的美丽时(她的臀,她的乳房,她的头发在晨光中披落在肩头的模样,节日上我在社团餐桌上瞥见她的感觉),我的欲望勃发,她也是如此,而且,如果我可以这么说的话,我还爱上了她,正如,我相信,她也爱上了我,尽管她的家庭,她的农民家庭,并不希望如此。因为她和一个傲慢独断的大家伙订婚了,他是镇上首富的儿子,当我们手牵手穿过他家的羊群时,她依偎在我怀里,表示(我正对着话筒**低语**着):我不想要他,也不要他的羊群,只想要你。

今晚的新**特色**:一场风暴迫近。我们很快便湿透了,我脱下自己的外套披在她纤弱的窄肩上。暴风雨源自她;那在她的**设置**之中,是**乡野**的一部分。但披上的外套来自我;是我提供了这个情节,且知道这取悦了她,真实的她,盘腿坐在我面前。

接着,在一道瀑布下,或者实际上就在瀑布的一侧,我们做爱,我的描述绝佳,尽管我被**束缚**着,因此可能释放不了自己,但昂太太可没被**束缚**,她可以而且的确释放了自己。

正如经常发生的那样,我在想,一旦昂太太以这种方式得到解脱,她是否会想到站起来,走上前来,让我解脱。

然而并没有。她似乎没有这个想法。她不曾想到过。她还从来没有想到过。

每当我的欲望消退后,我总觉得可能这样最好。

她只是猛地站起来,摘下耳机,看上去一副后悔的样子,把**指挥台控制面板**速速推回原处,将**表盘**恢复到原先的位置。她先走到劳伦身旁,接着是克雷格,用手机昏暗的光亮照照他们,查看他们在刚才偷偷发生的事情期间是否醒着。一如往常,她断定他们没有醒。有时,他们确实没醒。(很矛盾的一点,尽管我们整天都被**束缚**在那里,一动不动,但我们到了晚上却总是疲惫不堪。)有几次,她拿着手机走近时,他们实际上是醒着的,他们迅速地装作自己睡着了,不想让她感到有丝毫的困扰。

这整整四年来,她从没有坐到过克雷格的面前。只有我。而且她最近开始更频繁地坐在我面前，而且时间更久，有时久到黎明现出熹微晨光，从我们认为之前是窗户现在被木板封住却没有完全封上的地方漏出了一缕黄光，落在她的腿上，她一跃而起，喃喃自语，嘴里说着："天啊，已经早上了？"

她，我相信，这就是，倾心于我。而我也正倾心于她。在我初次向她**讲述**她的**美丽**时，没错，大部分源于**设置**。**设置**说：杰瑞米，看着我，**讲述我的美丽**。我的**特异性**也总是被她设置在高位。我频频**讲述**她的**美丽**，带着如此高的**特异性**，令她的**美丽**在我眼里变得真实；令我注意到她。（她是真的如此**美丽**。）当我更热切地**讲述**起她的**美丽**时（感受更为热切，因为注意到她高**特异性**的美，从而能更准确地**讲述**），她坐在地板上，脸上开始越来越频繁地浮现出某种柔和的表情，一种欲望蒸腾的表情，是的，但也是爱的表情。我相信如此。

她鲜少和我讲话。我不知道她的心意。她对我有爱意吗？我没有对她**发言**时？比如，她在这座房子的其他地方，沉浸在自己的思绪里，度过自己的日子时？

我无从得知。

但我的确知道在我这一生中还没有谁能像昂太太那样令我感受到那无与伦比的美丽——当我被注入**脉冲**，**讲述**着她具有高**特异性**的美丽，而她正凝望着我，寻找着整个世界,简直像是她会爱我时。

那种感觉会消散吗?确实会。

但也,有些也会留下。

就是:在这些日子里,我无时无刻不想着她,并感觉自己爱着她,哪怕我没有对着她或是围绕她**发言**,哪怕她不在我的身旁。

这个早晨,昂先生凑过来。

"今晚有**来宾**。"他说道,"我们来说**城市**。"

所以:这是冗长焦虑的一天。我们相当想要**排演**。

可是昂先生必须去**工作**。我要做准备:思考**城市**,花上一整天。我们一旦开始,大部分便由我们来做。我们的**发言**超过了负荷,表达通过**脉冲**变得更为清晰,没错,塑造成型,当然了,是靠着**设置**。但还是,归根到底,主要还是取决于我们。是我、克雷格和劳伦,而且我们的**发言**良莠不齐。要我说,我们三人中有谁的**发言**能够在立意和引人入胜上脱颖而出,部分(只能是部分)上靠的是准备。还有一些与生俱来的东西:天赋,人们会这么称呼它。

这并非一场竞赛。但现在已经是了。

我已发现:我事先在脑海中生活得越久,在我的**主题**之内,一旦开始,我的表达便越流畅。

昂先生管这个叫:"鼓足劲。"

我花了一整天为自己鼓足劲,靠着思考来更了解我的**城市**。

按设定来说,这是一座**悲伤**之城。但我还是想象,在这座**城市**中有一处更具生机的角落。全城的庆祝在一座小岛上举办,这座小岛只能靠独木舟(在公共码头那儿有一支小小的船队)抵达。

独木舟是什么颜色?有人划吗?当桨手们穿过海峡将小舟摇向那座庆典小岛时,水流又是什么方向?有没有烟火?足以照亮那些店主和工人的脸庞?他们攒下一分一厘到这里参加庆典,哪怕只此一晚,他们也能将悲伤先抛在脑后?在我的想象里,烟火映在小海湾拍打着的浅水中。小湾点缀在岛上,岛沿岸有几间琥珀色的咖啡馆——那儿吊着微小的灯,光亮随着哪怕最轻微的风晃动。夜晚的咖啡馆里传出了笑声,来自那些因感受到片刻欢愉而松了一口气的人。

就这样,在一天之中,在劳伦和克雷格打盹时,我为自己鼓足了劲。

劳伦醒了,朝我使了个脸色,似在问我:杰瑞米,等等,你是在给自己鼓劲吗?

我回以表情道:是啊,有什么问题吗?

劳伦和克雷格觉得我是个怪人,过分敏感。我全然在**设置**的摆布下,这没错,比他们更为欣然。一直如此。好吧,我爱我的工作。我渴望总是能拥有更多感受,因此怀揣了更为高昂的兴致去**发言**，从而在**听众**之中激发出更强烈的情感与共鸣。

我感觉，正是这一点造就了我在我们三人中的独特之处。

昂先生在五点左右**下班**回到家。他依然身着**工作服**，步入**收听室**，宣布了一个在**工作**期间产生的灵感，并要求新的**排布**：我，靠最左，离地 10 尺；劳伦位于中间，离地 20 尺；克雷格靠最右，离地 30 尺。我们便形成了一条上升的三点直线。我们还会被赋予一个新**姿势**，更衬得上**城市**：每个人都站得笔直，双手掩着眼睛，仿佛在凝望那些我们的**发言**很快就要说到的**城市**。

杰德·迪伦进来开始实施**必要的姿势间隔拉伸**。正如他所说的，"为了把你们都**拉伸**开"。

在人被摆成 X 形足足 9 天后，**拉伸**，谁都能想象到，这既好也坏。

后来我们都被打扮成了**城市**居民的模样：克雷格和我穿燕尾服，劳伦身着飘逸的长裙。

昂家的成年子迈克拿进来一把梯子，脚手架和铺了橡胶垫的平台。我们必须站在这个平台上接受重新**束缚**。一旦就位，我们每个人都把头靠向**费伊杯**，让三枚**费伊**尖头轻轻地送到脖子底下的**费伊感受器**里。

接着运行起一个测试：昂先生让我们每个人用极快的速度念字母表，接着又要我们念得极慢。

我们这就准备好了。

我们紧张地等待着，听到**来宾**在**主起居区**享用**自助餐**时发出的嗡嗡嘈杂。

他们像是滑进来，朝我们礼貌地微笑，接着在成年子迈克早前粗暴摆好的折叠椅前落座。昂先生身着**演出**用的西装外套轻快地迈入，在**指挥台**上就座。昂太太在房间的后方入座，如果我可以这么说的话，她看起来很痛苦，巴不得自己能招致**处罚**，接着就能被押进**处刑**的小棚子里，直到**演出**结束。

哎呀，可是：他俩结婚了，她必须待着。

我们开始了。

劳伦第一个发言，用一个长句**讲述**着她的**城市**（沿河流南北布局，**饥饿**，**下着雨**，**兴高采烈**）。讲到一半时，克雷格加入，用五步抑扬格**讲述**他的**城市**：东西走向，没有河，白色，**冬天**，猫咪横行。接着，在劳伦和克雷格还在继续**发言**时，我加了进去，**讲述**我的**城市**（**悲伤**，**夏天**，蓝绿色，沿河南北布局，向庆典岛驶去的蓝绿色独木舟犹如一股股磁力线。幸运的店主与工人们恍惚地用手拨动着凉爽清澈的水流，烟花在头顶上空绽开，他们划过琥珀色的咖啡馆，向着他们失意人生中唯一的幸福堡垒进发）。

我感觉我把自己的**城市**讲得很美；我把它表述得很好。克雷格和劳伦的**发言**也很好。还不错。就好像我们正在那些遥远的平原之上为**来宾**创造了这三座**城市**，同时双手掩着眼睛凝望着我们所创造的一切。

但即使在我们创造自己的**城市**时，我们也还是能感受到**来宾**并不兴奋。他们埋头盯着自己的脚，假装在阅读由成年子迈克早先在自己屋里打印出来的节目单。有的人打着哈欠，有的人瞅了一眼天花板，仿佛想要穿过它逃出去。妻子用胳膊肘搡搡丈夫，先是说：别现在就冲我小声嘟囔那些冷言冷语，罗兰，我可不希望自己由于精神崩溃而失了礼数。当**来宾**的成员们回头看向昂太太时，她只是抬起手，似在说：说实话，我没想法。

昂先生也一样，知道我们没抓住听众。在徒劳中，他涨红了脸，绝望地对我们的**设置**进行微调，汗水可见地从他的**演出**西装外套里渗了出来。

结束以后，他从**来宾**那里获得了一连串虚伪做作的祝贺，看上去像是要哭了，随后同他们回到了**主起居区**，吃蛋糕。

收听室里只剩下我、克雷格、劳伦，以及折叠椅，它们被匆匆离场的**来宾**碰得东倒西歪了。

昂先生急匆匆冲回来，领带松开了。

"不是你们的错，"他说，"你们按照我说的一切办了。

我责怪我自己。我们来想想这个。然后试点新的。"

我们不禁同情起他来。他如此努力。可总是失望。

接着他送蛋糕进来,珍把蛋糕放到她的**上餐盘**里,支在**探杆**一头伸到我们嘴边,而今晚,海绵里是红酒,这顿**喂食**感觉上要比平时丰富,好像昂先生在里面搁了一些牛肉汤补充剂。

克雷格、劳伦和我互相交换了眼神:好家伙,这真是一场考验。

后来,我们依然站得笔挺,依然一副光鲜打扮,手还掩着双眼,睡去了。

到了夜里,成年子迈克砰地冲了进来。

"天啊,抱歉。"他说,"我把你们弄醒了?你们需要什么吗?说真的,今晚真为你们感到遗憾。真的不能再糟了。"

我们想要答话:是的,成年子迈克,我们知道这不能再糟了。我们现在需要的是睡眠。请出去。

但如果我们回话,成年子迈克可能会施加**处罚**。他以前就这样干过:我们回答了一个他刚提出之后又改口称只是自问自答的问题,他便施加**处罚**。

成年子迈克是个品行卑劣的人。我们觉得最好不要和他掺和到一起。

因此我们只是执拗地目视前方。

"我不过是想让你们都知道,"他说道,"你们并不孤单。我们中的许多人都看出了这事可怕得过分。你们是人。你们是的。哪怕这个世界——甚至是我的双亲——似乎忘记了这一点。但帮助已在路上。真的。很快。"

他双手合十鞠了一躬,离开了。

劳伦、克雷格与我交换神色:哇,谢了,成年子迈克,我们还不知道,直到你刚才告诉我们,我们是人。

接着我们交换了忧虑的神情。

吸引成年子迈克的注意总是一桩不幸。

我们清楚地记得,他在研究院了解到服装是人类自我表达的最基本且最古老的一种模式后,便要求昂先生和昂太太更多地关注我们的着装。成年子迈克在重复痛苦上可谓十分高效。他就是从不松懈。很快,有许多条休闲裤和各种长衫、牛仔夹克和五颜六色的帽子来到了我们面前,摆在**收听室**的地板上,我们每个人都不得不挑选最吸引自己的物件。此后,我们的着装要根据成年子迈克的命令一天里更换三次。我们的停工时间就这样过去了。似乎总是由珍来给我们更换衣服。当珍抱怨起工作过多时,昂先生昂太太灵机一动,让成年子迈克协助珍。成年子迈克品行低劣,不喜工作,在他被迫处理我们中的男性,即克雷格和我的内衣时,明显感到不悦,便很快收回了就服装的抗议。事情又恢复了正常,也就是说,我们会穿四天**1号运动套装**,之后珍会给我们换上2号运动套装，并把1号运动套装拿去洗。

我们便是这样拿回了自己的停工时间。

从那以后，成年子迈克再没就服装吱过一声。

所以，今晚我们很烦恼。他说"帮助已在路上"是什么意思？

从何而来？为了什么？为什么这里需要帮助？我们在这除了成年子迈克和谁都处得很好，我们都有着创造性的充实工作要做。

翌日早晨，昂先生带着一种挫败的情绪在九点进来。他带着一盘丹麦酥。他似乎想给我们每个人来个丹麦酥作为道歉，但是我们在墙上被挂得太高，他够不到。所以，他把那盘丹麦酥往折叠椅上一放。实际上，我们之中没有一个人能吃上自己那口丹麦酥。它们只能在那张折叠椅上搁上一整天。

因为没想到这一天会发生那样的事。

"我希望你们能原谅我昨晚的溃败。"昂先生说，"今天是一个新的开始。还要做出补救。有时，在艺术和生活中，人必须投入。无论他的妻子是否同意。假如她发觉了。"

接着他紧张地咽了口唾沫。仿佛是为了喜剧效果。但又不是。

我们真是喜欢昂先生。

杰德·迪伦和珍进屋。我们的**城市**着装被珍剥去，接着她又帮助我们重新换上了 **1 号运动套装**。我们经过**拉伸**，根据新的**排布**被摆成一个新**姿势**（直挺挺站立，双手自由地垂落）：站在地上，彼此靠得很近，克雷格紧紧靠在墙上，接着是劳伦，再是我。这是我们有史以来站得离彼此最近的一次。这样会不会显得不妥？我们思索。是冲着**来宾**？一面宽阔高大的**发言墙**，三名**发言者**挤在一个角落里，仿佛**收听室**在夜里倾斜，一切都滑了过去？

昂先生消失在**发言墙**后，重新定位我们的**前部感受器**。

"你们或许正在思索出了什么事。"他自后面出声道。

我们确实。

"杰德！"他叫道。

杰德领进来了 11 名**歌者**。从他们穿的马甲，我们知道他们是**歌者**。第一个人走上前，站在我身边，他的胳膊抵着我，其他人沿着墙一溜排开填补了空位。

昂先生从后面出来，高举着一只小匣。

"有谁知道这家伙是什么？"他问道。

我们的确知道，多亏了堕落的艾德，他曾短暂地与我们共事过，后来由于散播谎言被送走了。

这就是：**知识模组**。

那鲜红的外壳告诉我们这就是。

天哪，我们觉得昂先生可不是在开玩笑，**知识模组**，按照堕落艾德的说法，可不便宜。

在接下来的十分钟里，昂先生侧着身子，衣服撩起，叽里咕噜，骂骂咧咧，**把模组连接到控制面板上。**

接下来就是测试。

来自知识模组的脉冲，我们发现它更充沛，带着刺痛的点，有点像一只带尖刺的枕头。它的后段打开得很好，犹如漫长而乏味的一天结束时被迫跳起的一支踢踏舞。

我们在霎时间知道了这许多。关于"小巨角战役"。也被称为"卡斯特之战"。或者，通俗叫法"卡斯特的最终战"。我可以告诉你，在这之前，我对此一无所知。

"卡斯特在战场骑的马叫什么名字？"昂先生在测试中发问。

"维克。"我们三个**发言人**一起说道。

"不过丹迪也一起。"克雷格说。

"不过很多人错误地认为它叫科曼奇。"劳伦说，"第七骑兵团唯一幸存下来的那匹马叫这个名字。"

"实际上是迈尔斯·基奥上尉骑着它上的战场。"我补充道，突然知晓了这一切让我无比愉快，让我绽开微笑。

"在小巨角河谷宁静的部落聚集地里，卡斯特和他的部队袭击了哪些部落？"昂先生问。

"拉科塔、阿拉帕霍、北夏安。"劳伦说。

"哪个部落的人，也就是拉科塔人的宿敌，作为侦察兵为卡斯特效力?"昂先生问。

"克劳人,就是阿布萨罗卡。"我们异口同声地答道。

那些**歌者**,他们无法**发言**,甚至不能开口,只是点点头,似在说:尽管我们,作为我们开发的一部分,被变成了哑巴,只有在接受**脉冲**和**歌唱**时才能出声,但我们赞同我们同事刚刚的一切**发言**。

昂先生用力地鼓了鼓掌,似乎是被取悦到了。

"会很棒的。"他说,然后就去**吃午餐**了。

歌者们发出了一阵拖长的单音哼唱,女人们比男人们高一个八度,我们理解这意味着:嗨,你好呀,期待着与你们合作,这真的会是一个激动人心的原创项目。

知识模组的开启,要我们说,真是不一样。

我们不仅仅是像往常一样空洞地即兴重复着像**航海**、**城市**这类空泛的概念。我们被给予了事实。真实的事实。它们大有助益。在打造引人入胜的结构方面。这就好像行走在一条狭窄的走廊上,两侧都被事实的灰墙限住。就好像在沙漠中跌跌撞撞地走着,一道知识的薄雾,由你长久渴望着的但之前并不自知渴望的确切细节组成,倾泻而下。

昂先生铺开**模组**中的**时间表**,把它夹在两个乐谱架上。事实证明,他是一个**塑造**的高手:**塑造**谁来**讲**什么事实,**发言**多久,以什么顺序。

其结果就像一个故事。

而且就连我们也更有兴致。

我是二等兵弗里茨·诺伊鲍尔，胆战的德国移民，加入第七骑兵团只因我找不到其他挣钱的营生。我的靴子尺寸不对，穿着疼。我英文很差。我也不清楚如何给我的武器上膛。克雷格是黄狗，一个年轻的拉科塔人，有着一张遭到同伴调笑的漂亮脸蛋。他在小巨角河里游泳，前一晚他跳了一整夜舞，在聚集的部落里认识了很多新朋友。他选择这个河段是因为在那儿，在木棉白杨下，几个年轻姑娘正在采野芫菁，其中就有黑腿牝鹿。她现在在那儿，皱着眉头，假装在远处的河岸翻找，好让黄狗看到她，这样她就可以，像现在这样，抬头，看到他，装作惊讶的模样，然后微笑，透过微笑承认，她的惊讶是装出来的。他们直勾勾地对视了几秒钟，她便转身回到她的朋友身边，心里知道他正看着自己离开。大家都很高兴。这是一个明媚的夏日早晨，今天剩下的时间里没有什么事情可做。

劳伦是马库斯·雷诺少校，奉卡斯特之命，带领他的大军在村子的南端进攻。卡斯特已经答应会支援他。雷诺却更愿意和大部队待在一道。他从未参加过一场对阵印第安人的正式战斗。但他还是策马出发了。当村子出现在眼前时，全营人马开始疾驰。战士们欢呼雀跃。他们很快就要沐浴在荣光之下。在远处：白色的形状，脆弱的结构，藏着人。他们的目标是向帐篷开火，以铁蹄踏过它们，引起恐慌，驱赶并杀死所有徒步逃跑的人。

而现在出现了十几个胡克帕帕人，他们在前路来回骑行，扬起灰尘，企图为女人和儿童赢得逃跑的时间。

在事实的架构下，我们感受到一阵紧迫。这是真实发生的，真的正在发生。结果会如何？二等兵诺伊鲍尔会在接下来的战斗中活下来吗？黄狗会活下来吗？那黑腿牝鹿呢？难道村里没有孩子在吗？他们会遭遇什么？为什么这些策马狂奔的人一门心思地要去袭击这个宁静的聚集地？老实说，我们不知道。要么昂先生只加载了**模组**的一部分，要么**模组**本身拥有严格的时限功能，也就是说，只会逐步显示自己，也就是，被编排为"章节"。不管怎么说，我们可谓是坐立不安。我们仍在反复对事实进行某种程度的即兴讲话（例如，由我而不是**模组**给二等兵赋予了一个骑马带来的背伤），可我们掌握的事实如此之多，就没那么需要，也没那么多空间可即兴了。

我们的**歌者**在之后加入了进来。

这是一道奇观。

有时，他们会以**歌唱**重复我们的**发言**。其他时候，他们把自己安排成两三组，**唱出**次要人物的经历（例如，那些靠近二等兵诺伊鲍尔、雷诺、黄狗或黑腿牝鹿的人）。在某一刻，每个**歌者**都成了一名拉科塔青年，他们沿河岸奔跑，回到村庄，发出警报。在这个真正令人震撼的时刻里，统共十一名**歌者**都步入一段复杂的赋格，代表了雷诺部队进攻时的集体心理状态（他们兴致勃勃，他们归乡心切，他们期待能痛快地取得一场大捷）。

我们哪怕只是其中一部分，在某种程度上还迷失其中，我们也知道它的惊人。

昂先生将我们切入**暂停**。

"我的神哪。"他说，"我的天哪。"

我们**发言人**，我们**歌者**站在那里，气喘吁吁，疲惫中透出壮美。

就像第七骑兵团的战马，就像部落的矮马，我们觉得。

我们**排演**至深夜，过了一遍又一遍，每**排**一遍都会增加一些细节层次。

马背上的战士开始出现在雷诺的侧翼。这人整个上午都喝着扁酒瓶里的威士忌。他焦虑不安，担心遭到伏击，便停止冲锋，命士兵们排成小队。这样一来，一切想要迅速取胜的希望都破灭了。数以百计的战士出现，犹如自尘土中而来。雷诺部队中的秩序开始瓦解。人们偷偷地离开队伍，躲进附近的小树林里。在小林里，雷诺的阿里卡拉侦察队员血刃被击中头部。他的脑浆溅上了雷诺的脸。这一创伤性事件（**歌者们**用一连串刺耳不成调的和弦来表现）

令雷诺发狂。他令他的部下先下马，再重新上马。突然间，他又脱离了大部队，连撤退的信号也没留下。他在后来声称自己本来是要冲破印第安人的队伍的。实际上，他早被吓破胆，彻底忘记了自己的部下——那些把自己性命交付给他的人，现在很多人死了，他们试着摸到河岸，在渡河时，被犹如野牛一般的战士们骑上身撂倒。一些失了马匹的士兵连滚带爬地奔向那座被后世定名为雷诺丘的小山，他们在中途被杀死。

在蒙受巨大损失后，这支队伍，或者说残军现聚集在这个山头上，被团团围住，士气萎靡，毫无斗志。

卡斯特在哪里？我们**发言道**，我们**咏唱道**。

我们**发言者**采用**模组**所提供的一系列美国口音提问。**歌者们**反复问，其旋律（**模组**甚至还告诉了我们这点）改编自一位名叫费德里奇的作曲家为一部晦涩的意大利歌剧创作的主旋律。

可是并无答案，没人知道卡斯特人哪里去了；最后露面还是在一小时前，在上方的山脊上，在我们发动起结局注定惨淡的攻击时，他向我们挥舞帽子，相信我们很快就能得胜，自己带着几名部下向北骑行。

我们在雷诺丘等了一个下午，酷热灼心，口渴难耐。只要我们一动，就会遭到袭击，我们预计随时都会被这些强大的魔鬼吞噬，他们对我们了如指掌，现在犹如一股彻底的超自然力量，令我们无从抵抗。

接下来我们又成了那些"魔鬼"，那些拉科塔人、阿拉帕霍人和北夏安人，这些儿子、丈夫和兄弟，对他们来说，山上的白恶魔不再显得可怕（他们在突袭初期打得这座沉睡的村庄措手不及时确实骇人），而变得可怜可憎；他们远道而来，就是要杀死我们的孩子，而当我们像男人一样反击时，他们惊慌失措，丢下武器，哭喊着乞求着，连滚带爬地逃走了。

我们穿过整个村庄，向南边拥去和他们对抗。

我们希望能在夜晚到来之前把他们统统杀光。

昂先生突然让我们停下来。

又变回我们自己，我们有点吃惊。

"你们让我非常高兴。"昂先生说。

我举起我的手。

昂先生指指我，表示我可以说话而不用担心**受罚**。

"这一切是多久前发生的事？"我问道。

昂先生似乎很高兴被问到。

"嗯，我们到目前为止所涉及的内容吗？"他说，"发生在 1876 年 6 月 25 日。"

"现在是什么时候？"我问。

他笑了笑，摇摇头，发出一声轻笑。

"我得说现在该睡觉了。"他说。

昂先生熄了灯，离开了**收听室**。

我们所知晓的，我们刚知道并留在记忆中的，漂浮在我们的脑海中，犹如我们骑行时扬起的尘土。在梦中，我们是拉科塔人、阿拉帕霍人、白人、夏安人、克劳人，在一个等比例缩成房间大小的战场上自由走动，说说笑笑，骑马竞速，突然间成了朋友，全然忘记了刚才在日光下，我们想要杀死彼此。

我在夜里醒来，发现昂太太正在摆弄**指挥台**。她把话筒架滑过去，**设好她自己的设置**，戴上耳机，坐下，向后靠。

我们的知识模组开着，她还不知道这个由昂先生购买的**模组**。当她探出手在自己后上方按下**开始**时，**模组**就会在它内部一个随机**位置**上**自动接入**我，并覆盖掉她刚才的一切**设置**。

我发现自己正以一封上尉家书的形式在和她**低语**。来自明尼苏达州的埃弗斯上尉渴望着她，他的妻子，甚至在这个自己趴在地上，等待雷诺山被攻破的时候。在附近，他积累了深厚战友情的伙伴们在恐惧中哭泣。卡维利的尸体躺在他倒下的地方，正当他神志不清地找水喝时，他两眼之间被射中了。我们从来没有那么口渴过。我们把这种干渴当作一种疯狂的体验。从某处传来一个女人的尖叫。那不是女人。是迪岑，小号手。看起来我们的敌人能马上杀光任何没有躺倒，口含干土的人。有人让迪岑噤声，有人劝他有点男人样。迪岑继续尖叫着。

我们强大的第七骑兵团到底是怎么沦落到这一步的？我们原以为这些野蛮人不堪一击，他们看似微不足道的战力实为一台迅捷的杀戮机器，完美地适应了现有的地形地势，把我们打得溃不成军。我们好想回家，重新开始，希望从来没来过这儿。

现在我们错来了这里，注定要死在这儿了，被徒手弄死：被战棍敲死，箭矢穿身，近距离被射杀被刀砍死。就在几个小时前，我们就已经看到一些挚友正是以这种方式死去。

快来了，马上就要来了。

很快就要轮到我了，我很害怕。这一切降临到这具我熟悉且一生珍视的宝贵身躯上。

我的信里没有提到这些。给我妻子的这封。她很脆弱。毕竟，这算不上一封真正的信，因为我没有纸笔可以写，也没有光可以照亮视物；我是在心里给她写的这封信，聊以自慰。尽管情形糟糕，我告诉她（我向昂太太**低语**道），我从对她的某些记忆中汲取了安慰。换作其他情况，提及这些我并不情愿。可今晚，若不怀揣最深切的感激之情回忆则显得疏失：她，跪在我们的床上，在我们结婚第一年的圣诞夜，身着我从克利夫兰为她带回来的长裙子，外头寒风呼啸，而在我们家中，我们两相依偎，暖意融融。

我后来写道（我**低语**道），你是那么慷慨，任凭那衣衫滑落。在火光中，我看到了一个景象，激起了我的敬畏之心，是任何西部景色都无法比拟的。

在这整个过程中，昂太太没有采取任何行动来解除自己的负担，只是对我进行最全神贯注的训练。

这让我壮起胆子。

每个男人（我**低语**道）自降生起都储备了一部分欲望。这是一笔馈赠于他的财富，他必须在一生中明智地使用。一个人行走于世，寻找可以花费它的对象。若他能发现一个有价值的对象，它由上帝塑造，偶然地降落在他身上，强烈地激发起他的渴望，以至于其他一切都暂时退去，他成为纯粹的欲望。接着，奇迹中的奇迹：他所欲望的，被具象化，可能成为纯粹的欲望，对她本人的欲望，对欲望着他的她的欲望。我想说的是，我挚爱的人啊，我被困在这座被神遗弃的荒凉山丘上，四周都是想要毁灭我的恶魔：因为我已知道与你在一起的这样一个时刻（炉火映上墙壁；狗靠门睡着；床在我们身下摇晃，仿佛在用它独特的语言发出赞许），我现在就可以赴死，如果我非死不可，我也知道自己已真正活过。

昂太太起身，走上前来，褪下她的晨衣。

在我面前赤身裸体。

"赞美我。"她耳语道。

我做了。

我照着她要求的做了。

我赞美她。她的双腿、臀、腰、乳房、脖子、头发、眼睛。我赞美这一切。我不是来自明尼苏达的上尉,我说。我就是我,我是杰瑞米,你的**发言者**之一。且我很爱慕你。她眨了两次眼睛,吓了一跳,但没有转移视线。我告诉她,我被**束缚**在此处,能够通过集中注意力的倾听来知晓,在任何时候,她身在**主起居区**的哪一部分,在那里她做了什么;也就是说,她在被何种工作缠身。她为这个家做了很多事情。她总是在改进这些,安排那些,让一些发挥作用,令昂先生和成年子迈克的生活变得更舒适惬意。因为有她,因为她的照顾,他们的生活变得更好,尽管他们似乎很少承认这一点,几乎视而不见。我想让她知道,我有充分的时间(四年零两个月)来客观地观察她,发现她美好,光辉,极为可爱。

当我说完后,她走上前吻了我。

"我在这儿很孤独。"她说。

"我知道。"冒着受**处罚**的风险,我答道。

她再次亲吻我,更加用力,更加缠绵,伴随着轻咬。

主起居区传来声音。

她重新穿上晨衣,重新调好**指挥台**,把所有都关闭,迅速地离开。

克雷格吹出一声长而低的口哨。

劳伦发出啧啧声。

歌者们发出一连串快速的半音阶爆裂声,仿佛在询问:天哪,我们是在什么样的家庭啊?

这一切的喜悦近乎让我无法入睡。

是的,当然,这很复杂。我爱昂先生,这难道不是背叛了他的信任吗?是的,我知道这是。我不希望破坏我们家庭的幸福。这些亲人我已经认识了一辈子。

然而。

昂太太也是这个家庭的一员,她渴望,甚至需要与我一起度过这些夜晚。

而说实话,我(另一个家庭成员)也渴望并需要他们。

在这个世界里,我接受了美丽的昂太太的啃吻,它要比我没有接受亲吻的那个世界好。我拒绝——或者说,婉拒——表现得像是要避免进一步的这种啃吻,避免这样一种可能性,即在不久之后的某个夜晚,她可能会被我在**发言**中打算进一步冒险所打动,允许我触碰她(甜蜜的想法),用我的手(如果在那个时候我没有被**束缚**住双手),甚至亲吻她的其他部位,或者她可能(好家伙)对我做某些大胆的事情,用她的手,用她的嘴,那些我都知道的事情,虽然,说实话，我并不完全确定我是如何知道的。

什么是对，什么是错，在这种情况下？

多么渺小的问题啊！

什么又是伟大的？这是我内心所渴望提问的。什么是茂盛的？什么是鲁莽的，什么是大胆的？最大限度的丰饶、充裕和愉悦在何方？

这对某种东西的渴望于我而言是崭新的。我渴望的是与她进一步交往，而不再是我以前一直以来最想要的，那就是我所做的事情非常出色，没有人可以找到我的纰漏，每个人都对我无比满意，并赞同在我的领域之内我没有真正的竞争对手。

在追求和赢得昂太太爱慕的同时，我是否还能实现这一目标？

我相信可以。

我希望如此。

通过近距离的观察（说出这话让我心痛），我知道他们的婚姻死了。我，作为新的生命开始在昂太太身上流淌，从某种意义上说，我会拯救他们两个。昂先生，看到我们新生的爱情，可以说，他会让出场地，在**指挥台**上找到可以投入其中的全新的乐趣，周到地把夜晚留给我们。而随着时间的推移，他会和某个新的人相爱，也许在昂太太的帮助下。或许是她的朋友黑兹尔，她有时会过来，或者是她的另一个朋友桑德拉，我觉得她比黑兹尔更漂亮，更快活。要知道黑兹尔在踏入**收听室**时，也不知道是为什么，只会畏畏缩缩的，然后又退出来。

所以还是桑德拉吧。

我在心里默默记下，在我们下一次共度的夜晚，要和昂太太讨论这个话题。

我们在接下来的两天里进行**排演**。

后来就到了**演出**之夜。

杰德进来**重新安置**我们三个人。我们**发言者**以站立的姿势，在**发言墙**的中段形成了一个紧密的三角，为我们的**歌者**所环绕。我们有一位**歌者**恐高，在其他**歌者**的安抚下，在最后不得不由珍给他注射了安定。

由于我们每个人都将从多个视角**发言/歌唱**，所以着装保持简单：每个人都要穿上一套新的黑色**运动服**。成年子迈克嘟囔着，把塑料包装的黑色**运动套装**从塔吉特大卖场的盒子里拿出来，一件一件地放在**收听室**的地板上，这样他和珍可以检查尺寸，看看谁能穿哪个号。

他说道："多棒的活动啊，多好的夜晚啊。"

"迈克，"珍说，"别阴阳怪气。我们还有很多事要做呢。"

"一撮有钱的老人来听一个有钱的老头讲述一群年轻的帝国主义压迫者光荣死去的故事，"成年子迈克说，"由一群自己都不知道目前正被这个老家伙和他坐在观众席上的有钱伙伴们压迫的人来表演，这老家伙坚称每隔几周就闷得要死，而这些人出于友谊的名义表示赞同，从而成为整个压迫狗屎秀的同谋。"

"这里有谁看起来遭受压迫吗，小迈克。"珍问道，"除了你？看看周围吧。"

我们这些**发言者**看着自己穿着新的黑色**运动套装**，在微笑。**歌者们**也穿着新的黑色**运动套装**，同样在微笑。我们笑是因为我们喜欢我们的打扮。是的，但也是因为我们处于一种高度期待的状态，因为我们一直在为深刻、复杂和令人惊奇的事情而努力，我们很快就要有机会把它们赠予一群完全不期待惊奇的人。

遗憾的是，成年子迈克从来都不知道这种感觉。

他没有工作，没有艺术，没有梦想，没有快乐。他空有满腔愤怒，愤愤地、自以为是地不赞同他所看到的一切，并为此沾沾自喜。

他走过来，站在我们面前。

"杰瑞米，你有多大了？"他说，"有三十岁了？"

我给他一个眼神，就像说：真滑稽，成年子迈克。

"别呀，说真的。"他说，"你多大了？"

我举起手。

"说吧。"他说道。

"四岁。"我说。

"对,你四岁。"他说,"四岁了。"

"零两个月。"我说。

劳伦和克雷格点点头,似在说:我们也是四岁零两个月。

"就四岁的孩子来说,你们个头可真大。"他说,"另外,克雷格,你的头发变稀疏了。"

克雷格涨红了脸,悲伤的目光投向了他的头发。

"迈克,说真的,"珍说,"你该长大了,表现出一些尊重。为了你爸爸的工作。"

珍这个女仆必定是在这里做了许多年,能让平时如此暴躁好斗的成年子迈克对这样的责备一笑置之。

"所以你们都是在四年前的同一天里,就这么一整个地降生的?"他问,"那就是说那天应该是你,你们的,呃,生日?你们的集体生日?"

我点点头,劳伦笑了,克雷格竖起大拇指,意味着:据我们所知,这说得没错。

"你们的母亲是谁?"他问,"你们就没有想过她们?"

我们想过。我们甚至默默地说到过。我们拥有的最早的共同记忆是珍告诉我们的,我们各自的母亲在这里生下了我们,但不得不离开,因为我们的母亲还有其他孩子要生产,在其他地方。珍解释说,我们的妈妈忙着在各地生下**发言者**,真正地服务于这个世界,让世界充满高水平的**发言者**。

正是靠着我们的妈妈们，许多人能从各地的**收听室**中体验到如此多的乐趣。

那是一个冗长的解释，长到必须从一张覆了膜的卡片上读出来。一些不得不读的东西让珍进入了柔软的情绪，而她从来没有读完过，只是很快就把卡片扔进垃圾筒，用她的**探杆**喂了我们一堆甜食，就是在那一刻，我们第一次感觉到我们真的会喜欢这里。

而我们已经。我们真的已经十分喜欢这里了。

"可在来这里之前，你们又在哪里呢？"成年子迈克又问。

"我要去叫你爸爸来了。"珍说道。

"去呀，"成年子迈克说，"他知道我对这堆乱七八糟的东西是什么态度。"

珍出去了。

"天堂。"我说。

"天堂，好吧，"成年子迈克说，"就这么着吧。那接下来呢？你们掉了下来，彻底长成的模样，从你妈妈的阴道里出来？妈妈'们'的阴道？想想吧，伙计们。这些女士得有多大块头才能办成这样的操蛋事？我说，自己算算吧。"

昂先生进屋。

"我以为我们达成过一致，这事不会再发生了。"他说。

"行，老爹。"成年子迈克说，"在你的'秀'上玩得开心。祝你在编排你那堆反动**历史频道**的废话时愉快。顺便一说，它们似乎严重忽视了**原住民**的视角。可别怪我。这可不是我的错。"

"迈克，小迈克。"昂先生说，"你误解了。这是历史上的标志性事件。这可是美国的《伊利亚特》，要是你高兴听。"

"呃，上帝啊！"成年子迈克大吼。

他蹬蹬蹬地冲出去，把灯关了又开，最后还是关了。

昂先生跟着儿子出去了。

珍走上前，把灯重新开上。

"别想他了，伙计们。"她对我们说道，"顾好你们自己的事情。玩得开心。"

我们也想。我们只想顾好自己的事情，玩得开心。

过了约莫一个钟头，昂先生回来了，捧着一摞历史书。跷着二郎腿坐在**模组**旁边，他费力地手动输入了许多新材料，企图应对成年子迈克对缺乏**土著人**叙事的批评。一旦完成，我们必须，当然，因为我们是专业的，要进行**排演**，特别是新的片段，好让所有内容都天衣无缝，这需要花上一下午的时间。

来宾在七点到达。

人数比之前少。好像我们上次**演出**的消息传出去了。

但这没关系。

有约莫15个人聚到这里，我们知道，为了获得些特别的东西。

昂太太和平时一样，坐在后排，已露出了懊恼的神情。我想要对上她的眼睛。可我处在工作模式。在我心里，我把我的**演出**献给她，希望其中能有什么东西俘获并打动她，足以吸引她，让她今晚来找我，在**演出**后。

我觉得我运气很好。

因为我被安排了一个重要的**独角戏**。

昂先生用他的指挥棒按下了演讲**控制台**。

我们开始了。

雷诺向村庄进发。拉克塔的年轻人沿着河岸狂奔，发出警告的呐喊。我再度成为二等兵诺伊鲍尔，克雷格是黄狗，劳伦是雷诺。在这场摇摇欲坠的冲锋里，形成了一道散兵线，有马的士兵一人负责四匹紧张的战马，在桦叶槭间哆哆嗦嗦。血刃被击中，雷诺惊慌失措，跑在他被吓破胆的部下们的前面，冲到了小丘顶。没了马，没了弹药，恐惧缠身，他们亦跟了上去。我们的**歌者**以不和谐的对位传达出他们的恐惧。许多士兵在过河或试图爬上对面的陡峭悬崖时，被战棍、短柄斧或枪托砸死在半道上。

在雷诺丘上，尸体开始在滚滚热浪中肿胀。雷诺醉醺醺的，气急败坏，茫然无措。我们，也就是他的部下，惊惧又困惑。有些人在咆哮。卡维利倒下了。迪岑在尖叫。我们中的一些人开始挖壕沟。用包袱和食品罐头搭出简易的胸墙。马匹被移到防御带中心的一个小斜坡上，那里已经立起了一座临时野战医院。

我们所有人被围困在这座小山丘上。**歌者**同**发言者**一起呼喊起卡斯特。为什么他没有像之前许诺的一样前来支援我们?

没有回应。

最后一次看到他是在山脊，但现在他人已不在那里。

我们被抛弃了，我们这么想他。我们相信，是他抛弃了我们。为了做到这一点，我们成了他。克雷格、劳伦和我分别扮演他：一个孩子，一名盛气凌人的西点军校干部，一位内战英雄／利比的年轻追求者，他和利比互通欲火焚身的热辣书信。六位**歌者**唱出卡斯特最傲慢的声音，五位**歌者**代表他最没有安全感时的声音。我们传达出他焦虑的美国野心，他对狗的喜爱，他激动时短促狂躁的说话方式，他反复无常的沟通技巧，他在战斗中狂野的自信。

接下来进入山谷，随着**歌者**带来一段有占位符的华丽三和弦，我们**倒带**，时间倒流，从关于村庄的集体思绪中回到这一天的早晨。

这一天平静地开始。我们感到愉悦安宁。黄狗与黑腿牝鹿调情。有子弹射出。在突袭的早先时刻，坐牛派他的侄子独牛和侄子的朋友好熊仔去找雷诺的人协商求和。好熊崽被射穿了两条腿,是独牛英勇地用一支套索把他拽回了营地。坐牛身下的马被枪打死了。他将求和抛在脑后,号令要发起反击。他的年纪太大打不了仗,便帮助女人小孩逃到北面安全的地方。

第一个骑马对垒雷诺的是疯马。克雷格、劳伦与我分别为他不同阶段发声:一个早慧的矫健孩童;一个盛气凌人的年轻情人,因追求别人的妻子脸上挨了一记;一个站在坡顶的灵修者,没有事先经过必要的净化仪式就想要寻求预示。

有六名**歌者**将疯马演绎为一位超凡脱俗的圣人(在那个预示中,他在指示下放弃所有财产,永远不加修饰地策马战场;他受人爱戴不仅仅是因为他的勇敢,更是他对穷人乐善好施),五名歌者则把他说成一个有些癫狂的隐士。(在部落里被称为"我们的怪人",他坚持不懈地追求黑水牛女,也就是无水的妻子,甚至在她生了第三个孩子之后。他的追求方式就是连续几天不请自来地在他们小屋附近徘徊。)

现在他就在这儿,以雷霆之势疾驰而过,发间插着一根羽毛,一只耳朵后别着一块石头,身上没有涂彩绘,只是快速涂抹了代表闪电和雪的几笔,骑着马出去对阵雷诺。

劳伦化身红鹿女,她儿子兔崽生下来一条腿就是萎缩的:他十岁了,已经抱不动了。亲友们,母亲们,妇孺们飞快地逃遁。红鹿女口干舌燥,嘴含尘土。为什么他们从那么老远过来要杀我们,要杀死像他这样的人,要知道他对待每个人和每件事都是如此温柔，如此单纯（保护溺水的鸟，心疼倒下的水牛）？

她的丈夫是三角。他和疯马一道去对付雷诺了。愿他平安。他鲁莽骄傲又冲动。到了晚上，她把自己小又冰冷的身体盖在他的大身体上取暖，这是他们婚姻中一项两情相悦的仪式。红鹿女便是用这种方式来给自己取暖。"我不是要一辈子做你的火吧？"在黑暗中，他含笑问道。

男孩现在正顺利前行。她必须要有耐心。

目前万籁俱寂。没有必要催促他。

他仰起脸，抱歉地笑笑；她揉了揉他的头发，两人继续前进。

为什么我们总是不得不被这些蠢得要死的刽子手骚扰。到底是什么迫使这群疯癫的家伙把家人抛诸脑后，骑了那么远的路来袭击我们？他们披着人皮，可他们的心智似乎却没有以人的方式运转，而是充满兽性，自私，目光短浅。他们的肤色和态度都像猪猡。这些衣冠楚楚的猪猡骑着马来到村庄的柔弱骨架上，不修边幅的胡须上挂着痰涎，充血的双眼里射出野蛮，就像在瓦什塔时（她去过那里，两个兄弟死在了那里）一样，把许多女人和儿童作为人质，还强暴了那些女人。她们中的一些现已辗转归来，却支离破碎。

今天是个赴死的好日子，战士们嘶吼着骑马冲向白色的侵略者。尽管他们口干舌燥，他们的心脏怦怦乱跳，在后方或许无缘再见的亲人正迅速地离他们远去，他们依然试图相信：今天是个赴死的好日子。他们怒吼着，必须坚信，这样就能够在即将降临的可怕时刻去做任何要他们做到的事，心无挂碍地离开这个仍向他们敞开怀抱的美妙世界。

我偷瞄了一眼昂先生。他全神贯注。我们做得好吗？我们做得好。他知道。他拥有他们。他拥有**来宾**。现在他身上是另一种汗水：一个男人在多年屈辱后执意为一件事带来光荣结局所流下的汗水。

我偷望了一眼**来宾**。**来宾**专心致志。没有人在检视自己的节目单或是渴望冲出天花板。一位妻子紧握了一下丈夫牵着她的手，好似在说：真棒，是吧？他回握道：是啊，我们来得对。

昂太太站在后排，似乎在注意着什么，仿佛某种内在的东西正催促着她去重新注意到这个男人。这个数年来她一直低估的男人。他在**演出**中，迸发出一种活力四射的热忱，一种集中的注意力，让人感到，这些年来他一直在拒绝她。

成年子迈克出现在门口，迈出去又迈进来，仿佛在等谁来。

或许成年子迈克邀请了一个约会对象？这是好事。或许，为了变得更好，成年子迈克所需要的只是一丁点陪伴。毕竟，他的父母都特别好。

而且在所有成年子迈克可以邀请约会对象的夜晚里，今晚是最好的。

因为我们无疑是在杀戮,且在此的每个人都知道这点。

寂静降临小巨角山谷。雷诺的士兵们依然被压制着,只能听到自己浅浅的喘息。在他们周围,在深谷与河流间,战士们手脚并用悄无声息地向前移动,观测着任何来自山丘的风吹草动。他们大部分人尚年轻,内心紧张,可这是他们梦寐以求的一次机会:敌人是真真正正地属于他们的。

穿过峡谷来到北面,卡斯特在一海岬处停下。

在他眼前是他这辈子见过的最大的印第安村庄。

他停下来思考。

太多事情取决于他接下来的行动。

在某个空白段,**歌者们**描述了周围随处可见的鹿、山猫、麋鹿、山狮。他们**咏唱**出杨树叶的颤动;小溪的潺潺,无论战斗与否,溪流对此一无所知,只是一如既往地流淌在岩间;风穿过平原发出声音,与山坡、河流、峭壁和峡谷融为一体。

但是,这种寂静无法持续。

杀戮不久后必然再度隆重地开始。

我们发言者和歌者,突然一齐发出"O"这个音节,发出悲痛、敬畏、惊愕,为即将在这里发生的——在这片荒野,在干燥的草地与绵延起伏的山丘上如果没有这支军队来，这里就会同西部无数类似的地方一样，被历史遗忘，因为在这些地方并没有大规模的死亡发生。

在这个夏日午后，在山脊上，在山谷里，有这么一群活生生的人聚集在一起，他们的命运便是在今天死去，有三百多人，他们在今天早上醒来时都没有想到这将是他们的最后一日。

为什么？为什么非如此不可？难道没有足够的丰饶与美丽来让一切都宿居于和平之中，若这是普遍的意图？

有的。

但和平并非普遍的意图。这不是军队的意图。这不是军队所代表的国家的意图。国家的意图是将这片土地据为己有，无异议地据为己有。

众部落的意图是继续生存在这里。而实际上这片土地在先前已几度易手，往往是通过暴力手段，比如靠武力从他人那里夺取土地。部落的成员们也曾摧毁平静的家园，劫掠妇女，杀死孩童。

和平显然不是人类的普遍意图。尽管在闲暇时间里（在温馨的家里，在个人心中）它有时候看似如此。

无论如何这件事已走得太远，现在必须收场。

我们在**排演**中知道它会如何收场：卡斯特企图进攻村子的北端，却被英勇的白牛、花斑熊、白盾、断尾马、钝刀、水牛崽和疯狼一伙人赶退。他们躲在地势较低的柳林间，靠着手中的温彻斯特与亨利连发步枪射出高速精准的火力,营造出一股很强大的兵力。冲锋会动摇;进攻的士兵会被原路赶回去。数千名战士从各个方向合拢,将士兵团团包围,向他们发起攻击。这些挣扎着想找个地方反击的士兵会分批死去,有人组成了小规模的战线,有些人吓得动弹不得,魂飞魄散。有的人害怕受苦会自行了断(独自一人或预先结成伴)。有的要勇敢地战斗到最后一刻。有的人打光了子弹,就丢下武器,没命地奔逃,不过还是被骑马的战士们迅速地追上。

哦,约翰!一名士兵冲着即将撞向他脑门的勇猛骑士呼喊道,他用了士兵称呼所有印第安人的那个名字。

最后,只剩下一小群人,包括卡斯特,这片略微隆起的地方将会被永久命名为"最后阵地山"。

而他们将死在那里。

所有这一切都将在接下来的四十分钟内发生。

但什么都还没有发生。

卡斯特骑在维克背上,第一次掌握了这座村庄的全部情况。

O,我们**唱**。

O,我们**说**。

卡斯特在哪里?雷诺山上的人大喊。我们生怕他把我们留下等死。

卡斯特在哪里？整个村庄大喊。我们生怕他耍了我们，现在正准备从北面杀光我们。

而这一处就是昂先生打算**幕间休息**的地方。

所有**发言**停下，所有**咏唱**停下。照着昂先生的指示，我们变得无精打采，一动不动地站着，垂着头立在**发言墙**上。

在**指挥台**上，昂先生同样垂着脑袋。他不需要抬头就知道**来宾们**怎么想。他知道。我们知道。

我们清楚地知道自己有多强大。

来宾起身，那股狂热似乎等不及了，他们进入世界的唯一途径便是通过这些受到有限的、正鼓着掌的中年躯体。

昂太太走上过道（几乎是跳着上前），拥住昂先生，亲吻他，就在**收听室**里，在**来宾**前。

我承认，我感到一阵嫉妒。

然而，看到他们幸福地在一块儿，这很好。这就很好。他们是一家人。他们是我们的家人。我们也是一家人。如果他们幸福，对我们所有人都好。

另一方面，如果他们幸福，我怎么还会幸福呢？当我未来的幸福仰赖于更多的啮吻时？我想象着将要迎来的寂寞长夜，若是他们和解，而我失落地挂在**发言墙**上，听着他们的笑声，可能还会听到他们做爱（！），这些声音许是从**主起居区**的长沙发上传来的。在很久以前，就在我出生后不久,在他俩疏远之前,我曾经听到过这样的声响自那里传来。尽管那时我才刚刚降生,她发出的小声惊叫还是令我欲望升腾。

但是我又想到:她是他的妻子,他最久的朋友,他的助手。这个吻或许只是一个友谊之吻,在说:亲爱的,我真为你感到开心,看到你没有再一次失败。

昂先生想着要让珍给我们送水。我们正喝着,**来宾**的掌声更响了,好似在说:必需的,没错,这都是他们成就的,我的天啊,让他们喝点。

来宾鱼贯而出,去**幕间休息**,边向我们投来赞许的目光。

但是我们可没有**幕间休息**:要是我们想要让**下半场**超越**上半场**,我们还有好些事要做。

杰德和珍速速拿来梯子、脚手架,铺了橡胶垫的平台。
"迈克哪去了?"杰德问,"他应该要在这帮忙的。"
"别管那个小混球了,"珍说,"他成天都心不在焉的。"
平台位于我们下方。我们解除了**束缚**,一个一个顺着梯子爬下。我们尽力做到不紧不慢。一旦进入模式,我们就不能喘粗气了,**歌者们**也解除了**束缚**,并往下爬。杰德沿着我们这一排,轻轻地往我们的费伊感受器里塞入一枚名为**游星**的小型无线装置。

装备了**游星**,我们无须再依附于**收听墙**,能够手脚自由，在任何地点**发言**，**歌唱**。

测试开始运行：杰德让我们每个**发言者**在**收听室**内四处走，同时嘴里念字母表，先是用极快的速度，再是用极慢的速度。

接着就是**歌者**被要求边走动边**歌唱**，由大调唱到小调，从低唱到高，再从高唱到低。

我们自行沿着前面的墙排成一排，头朝后靠，这样**来宾**回来后，我们的头看上去就和之前一样，靠在**费伊杯**里。在关键时刻（卡斯特来到了那座他即将葬身的小山丘，他终于意识到雷诺向村庄发动的进攻已经失败了，他的兵力可能只是别人的十分之一，他那不凡的好运气已经耗尽），我们（哎呀，哎呀）从墙边抽身，用声音演绎进攻的拉克塔人、阿拉帕霍人和夏安人，将**来宾**团团围住，气势汹汹地挤入他们，在他们之间移动。这么做能让他们有直观的体验，让他们与卡斯特和他的部下感同身受，感受到那种无处可逃。死亡正在逼近，在逼近，死亡就要降临；死亡已然降临。我们**发着言**，**唱着歌**，昂先生授意过我们去触碰**来宾**，爬到他们身上，让他们感觉到我们。他说，我们的目的就是让他们感到不安，让他们明白这件事是真实发生的，它涉及真实的人，与他们一样的人。

昂先生靠向前，看到一切进展顺利，向我们竖起大拇指，我们中也有几个人愉快地向他竖起大拇指回应。

接下来将会很好。

来宾自**幕间休息**归来，我们望着他们的脸，他们注意到我们是站在地上，从**墙**上下来了。

昂先生大步走到**指挥台**，显然是被**幕间休息**时受到的真诚赞美所鼓舞。

他用指挥棒敲了**指挥台**一记，发出一声脆响。

我们开始了。

卡斯特企图进攻村庄的北端，但是被白牛一众人赶了回来。在这次尝试中，有一名军官，可能就是卡斯特本人，被射杀。士兵们被这一突发事件搞得晕头转向，动弹不得，这是那一天里第七骑兵团的首起死亡事件。现在又有数以千计的战士朝他们袭来。这是终局的开端。他们被逼回深谷，尽管因为要带着受伤的军士而受累，但一开始还是打得不错。之后事情很快就发生了，实在是太快了，快到超乎他们的想象。根本没有时间去思考，去重新考虑，去祈祷。一个男人——确切说是个男孩——惊恐地站立着，看见四个勇士骑着马逼近。他搞丢了枪还丢了左靴。他想说：停下，求求快停下，让我想想这一切。我究竟是怎么来的这儿？难道就没有办法让时间倒流，让我回家吗？

但他们来到了他身前。

哦，约翰！他的朋友在附近喊道。这个来自堪萨斯州的男孩在濒死之际听到了这个声音,他最后听到的声音。(回到堪萨斯,男孩的母亲,此刻,在水井边一滞,她手里拿着水桶,霎时间感受到了他的存在——她后来说,她会一直说,直到她生命中最后一天——有一种恐惧惊慌遍布周身,她摔了水桶,跪倒在地。)

部落中传出喊叫:我们可以杀光他们。箭矢划出弧线,杀死了马匹和马主。骑兵们的头骨、脖子、眼睛被刺穿。勇士们挥舞着毯子涌向马匹。一个战士被轰掉了下巴,在战场上失魂落魄地徘徊,他的下半张脸不见了。这就是三角,那个在夜里为他妻子红鹿女取暖的男人。她和堪萨斯的母亲一样,在继续指引儿子前往安全地点时生出了一种不祥的预感。见了三角这样破碎的面容,木腿退到了附近的一座山谷里呕吐。第七骑兵团逃窜的马匹与勇士们的矮脚马混在了一起。勇士们下了马,更想在通往高处的无数沟壑与溪水间寻找掩护。最后那批白人已经逃到了高处,准备进行抵抗。尘土飞扬,虽然现在只是下午四点钟,但感觉像是晚上。

我的拳头紧张地收起又张开,似在说:我们来了。

我的单人演出快到了。

我站起身,紧张地鼓足劲。

我会是亨利·哈灵顿中卫,他因在最后狂热时刻的战斗而被战士们传为"最勇敢的男人"。他指挥下的C连队徒劳地试图与卡斯特的主力会师。他清楚地意识到他的人不是死了就是要被杀，便调转马头（一匹壮硕的栗色大马）直接冲入印第安人的队伍里，穿过惊愕的勇士，远离战场，以迅雷不及掩耳之势突入西面的开阔地带。

两名勇士从战斗中脱身，追赶他。（我会**发言**，我会**叫喊**。）但他的坐骑很有优势，迅速地就把追赶的勇士甩在后头。即使勇士放弃了追逐，哈灵顿不知怎的还是把他的左轮手枪对准了自己的脑袋，又……

"喂，喂！"成年子迈克在**收听室**门口叫道，"请听我说句话好吧？"

昂先生按下**暂停**键。

这让我们一激灵，这种突然抽离的感觉——我们**发言者**和**歌者**刚刚开始在炎热／恐惧／大草原中渐入佳境。

"小子。"昂先生说道，他莫测的微笑似乎表明，他愿意，当然，很乐意让成年子迈克参与他的胜利时刻，以他想要的任何形式加入。尽管他大概也在想，不管成年子迈有什么想说的，为什么不早点说出来（比说，在**幕间休息**的时候）。

成年子迈克走到门一边，大幅地摆了摆手臂，好像说：瞧呀，看我在这里迎接谁呢。

他们来得很快：年轻的男男女女身着翠绿色的运动衫，在拉高的连帽衫下戴着白色的针织帽，佩着枪，看起来有点像成年子迈克无聊时让我们在他手机上看的青少年组合。

他们的领头要求**来宾**保持安静。**来宾**并没有安静：两个男人要求知道出了什么事，这是在干什么，他们是不是不知道这里是别人家？领头催着那两个人移步到过道，让两人说出他们的想法，而他（他们）来这里就是为了聆听的。

"但愿如此。"两个人中身材较胖的那个说道（虽然两人都很胖），他和领头一起走到过道上，向他没那么胖的朋友伸出手，后者在出来时遇到了一些困难。

这两个浑圆的男人现在站在过道，准备表达他们的感受。

领头的举起枪，把他们打死，一个接一个。

多么响亮的声音！我们**发言者**，我们**歌者**，还有**来宾**，还有昂先生和昂太太，以及成年子迈克都退缩了，就像老鹰掠过时，巨大翅膀黑影下的一窝老鼠。

两个浑圆的男人在地板上成了两团流血的东西，他们的妻子坐在地上尖叫。

"我们要给这个世界带来一些体面！"领头的喊道，"彻彻底底。就从今晚开始。"

他们嘴里怎么能说出体面呢，一个拥有年轻头发的老女人问道。他们刚刚可是杀死了基思·杜尔茨和拉里·雷诺兹。这两人为那么多慈善事业做出过莫大贡献，不是吗，莉娅？

50

"他甚至不想到这儿来。"基思的妻子莉娅啜泣着。

领头抓住老女人年轻的头发，把她拖到过道上。

她还想详细解释一下吗？关于她的陈述？在她的话里，她指控着现在掌握了她生命的这个团体是群伪君子？

她不愿意。

他把她丢了。她以一种不经意的、戏剧性的优雅姿态倒在地上，躺在那里，睁着眼睛。

眨眼，眨眼，眨眼。

闯入者中有一个穿着黄色网球鞋的女孩，开始游走在**来宾**间，用一个系绳袋收集手机。

领头宣布，**来宾**要进入地下室。救援会在几个小时内赶到，他们会被释放的。他们，白帽子联盟，知晓罪责差异的概念。他们，**来宾**，仅仅就因为参加了一个活动，就要像昂特梅耶先生和太太一样应该受到惩罚吗？不。有些人确实可能在家里有自己的**歌者**和／或**发言者**。但是联盟已经决定为了仁慈而犯错。**来宾**可以放心：他们都不会受到伤害。无论如何，今晚不会。但他希望那些家里真的有**歌者**和／或**发言者**的**来宾**，在地下室的时候，想一下偶然性在今晚的作用；这次行动在这里发生，在这个家里（而不是在他们家里），仅仅是因为联盟的领导层最近获得了一个由某个有觉悟的参与者／以前的同学提供的机会（这里他向成年子迈克俏皮地敬了一个礼）。但**来宾**可以肯定的是，总有一天，让我们祈祷这一天快点到来，到了那个时候参与这种有辱人格的野蛮行为的家庭再也无法在家里感到彻底的安全。

这些人（他说的是我们**发言者**，我们**歌者**）不是动物，不是玩具，不是玩物。**来宾**会怎么想？如果他们，或他们的配偶，或他们的一个孩子，或他们的父母被**莫利程序**（或**莫利二号**，针对**歌者**）消除了记忆，从此意识不到自己是谁，不知道如何生活，不知道自己所珍视的东西，不知道他们爱过谁，醒来后发现自己被装载在某个陌生人的**发言墙**上。被迫像一头被驯服的野兽一样表演，为喧闹的人群提供廉价的娱乐。

"我想回应你的话，"昂先生说，"但我不想被射杀。这能办到吗？"

"快点。"穿黄色球鞋的女孩说道。

"我不赞同你的定性，"昂先生说，"没有人受到胁迫。相反，这些**发言者**，这些**歌者**，他们适应了，并认为被接受是一种莫大的特权。且他们得到了很好的补偿。钱打过去了——相信我，我每个月都会写支票——给他们的指定接收人。这些家伙，说实话？他们就像我们的家人。你们这些人可能不爱听，但这里的每个人都同意这种安排。要我说，尽管你们可能觉得我很可怕，但我至少没有杀过人。"

我都想要鼓掌了。为什么这些粗鲁的人还在这里，在我们家里使用暴力？我不知道什么"补偿"或"指定接收人"，或任何这些，但我为昂先生的勇气感到骄傲，并相信他的雄辩会拯救我们。

入侵者一动不动。

"够了，"领头说道，"别再说这些没完没了的反动的鬼话了。"

"迫于艰难处境而做出的决定可算不上'自愿'。"穿黄球鞋的女孩说。

她拿出一个笔记本，走近克雷格。

"赫克托。"她说，"妻子：丹妮埃尔。没孩子。失业七年。三只贵宾犬：鲁迪、菲比斯、埃斯梅拉大二世。"

她又走向劳伦。

"辛迪，"她说，"一个不幸成瘾的护士。以及，有一个孩子。一个宝宝。斯图尔特。"

劳伦先是一脸茫然。接着挤出一声惊愕的鼻息，好似被惊醒了。

来宾到房间后面去，领头说道。请不要搞英雄主义，也别戏剧化。

为了遵守要求，前几排的人必须跨过这两具肥胖的尸体。一个老男人停下脚步，将那个老女人（还没他那么老）扶起来。她年轻的头发，一顶假发，被留在了后面，就是她倒下的地方。

在前往地下室之前，穿着黄色球鞋的女孩说，有件事要让他们见证。是为了让他们受教。为了鼓励他们改变自己的方式。并帮助他们看到光明。

成年子迈克看上去不妙。他看起来在搞出的这件事里并没有被通知到位，比如，会有两个胖男人被开枪打死，一个老女人被狠狠地推倒在地上，撞飞她那年轻的头发。

"迈克。"领头的问道，"妈妈哪儿去了？"

"她恨这些把戏。"昂先生说道，"出门去镇上了。"

"你说谎。"领头说道，"他告诉我们你们俩都在这里。也就半小时前，他打电话叫我们行动。妈妈哪儿去了，迈克？"

成年子迈克双目紧闭，轻轻地打战。

"他吓坏了。"昂先生说，"他似乎不明白现在出了什么事。"

"就是他安排的，蠢蛋。"领头说。

"我知道。"昂先生柔声道，"我当然知道。"

"我是为了自由。"成年子迈克说，"可我不是要杀戮。"

"嘿，你不能赞同自由又反对杀戮。"黄球鞋女孩说。

"你们里面哪个是安吉拉·昂特梅耶。"领头问。

寂静笼罩了**收听室**。

"我是斯巴达克斯。"**来宾**中的一名男性成员揶揄道。他似乎说完就后悔了，双手捂住了嘴巴。

"她在那儿，"劳伦说，"就在后面。"

昂太太嗤笑一声，推开人墙，走上前来到昂先生身旁，执起他的手，留下了一个吻。

领头举起枪对准昂先生的头，黄球鞋的女孩开始用手机拍摄。

"你们剥夺了这些男人女人的权利，他们本与你们平起平坐，理应过上充满尊严、尊重与自主的生活。"领头说，"基于这个罪行我们判你们死刑。"

"什么？"成年子迈克尖叫道。

"判你俩死刑。"黄球鞋女孩说。

"我们判处你们两人死刑。"领头说，"希望在这片土地上，你的其他同道看到后能够了解到系统虐待无辜之人的后果。"

"严重的后果。"黄球鞋女孩说。

"我们这辈子从来没有虐待过任何人。"昂太太说，用她几乎发不出的刺耳声音。

"抱歉，这不是真的。"劳伦说。

所有人看向劳伦。

"她在这里性虐待杰瑞米。"她说，"经常。"

所有人看向我。

"她晚上来到这里，让他对着她**发言**，同时她就，你们懂的。"劳伦说。

"取悦自己。"克雷格说。

所有人看向昂太太。

她涨红了脸。

"我从来没有。"她结巴了,"那是……"

"那是什么。"黄球鞋女孩质问道。

"你情我愿的。"昂太太说。

"你受害者的大脑被清洗一空,**束缚**在一堵**墙**上,除了在这间屋子里就没有其他记忆,是怎么做到你情我愿的?"领头说道,"倒是让我们开开眼。"

"她说的对。"我说。

所有人又看向我。

"一点没错。"我说,"我喜欢这个。我喜欢她。我离不开。我爱她。"

"哦,男孩。"领头说,"谁来把他的嘴捂上。"

真是个蠢货。我甚至没在**运转模式**。我们被**暂停**了。这里只有我,我自己,发自内心地在说话。

黄球鞋女孩大步迈向**指挥台**,在那里一通瞎鼓捣。她不知道,竟把我们的**暂停**模式关了。不仅把我们的**强度**定在了高一档,而且是感觉上最高的那一档,是我们从未到达的程度。

我感觉到有史以来最猛烈的前置**脉冲**。

我又是哈灵顿了。

非常强烈。

塞缪尔斯痛苦地在泥土中打滚，箭刺穿了喉咙。里弗顿被勇士三人组扯下了马，在日光下成了活塞一样移动的三把短柄斧的目标。我意识到我必须突围，否则就会死。这里有一个豁口。我让我那匹栗色的高头大马掉了个头，直接冲入印第安人的队伍里，穿过惊愕的勇士，远离战场，以迅雷不及掩耳之势突入西面的开阔地带。

我自由了。

有人在追我吗？

是的。

歌者加入进来。他们别无选择。他们也被注入了**强度极高的脉冲**。每个人都唱着各自的参差不齐的旋律线。如同**排演**时一样。他们唱这首**歌**的目的在于：表现我骑行时焦躁不安的心态。如果被抓到，我会不会像我们之间经常讨论的那样，被活捉并受到折磨，就像丹尼森，那个可怜的浑蛋，在小路上发现他时，他的蛋蛋被钉在了脑门上？我，哈灵顿，一个正直的人，认识到这只是一个"以其人之道，还治其人之身"的事件。我记得在丹佛的一个博览会上看到过一个夏安族妇女的生殖器，是瓦什塔战役后一名骑兵获得的，它被放在一个玻璃柜里展示。然而，我自己从来没有参与过这种劫掠，而且如果在接下来的几分钟里，你就要成为这些暴徒的受害者，在他们刀剑的恶行下，也就不存在什么"以其人之道，还治其人之身"了。

我骑着我的栗色大马将这些勇士甩在后面。

可即使他们放弃了追逐,让马放缓了步调,我不知怎的还是将左轮手枪举到了脑袋上。我随时(我**发言**)会开枪,立刻把自己打死,我的尸体会从栗色大马的一侧滑落,让看到的勇士大吃一惊。

为什么我会这么做?我问。

无人知晓。我回答。

"伙计,闭嘴!"有人从远处大喊。

"别理他,达伦,上帝啊。"另一个人说道。

"我听不到自己的想法。"第一个人狂热地说。

或许(我**发言**,我**叫喊**)我身体不受控地逃窜(尘埃,那些尖叫,石头砸进肉里的闷响自四面八方袭来),可是现在,在战斗中,我突然想到这便是怯懦本身:一个人的身体会做出并不光彩的行动。即使我成功逃脱,这种逃亡怎会是正当的?尤其是我逃跑时,卡斯特和其他人还活着?难道我不应该转身重新加入战斗吗?但我不能,我不会,这太可怕了,我的腿和胳膊与我的马达成一致,回头不是我们可以去的方向。可是我的心智——我的英雄情结,为荣誉所牵绊,对美德的热爱——知晓我将无法忍受这一切,无法骑行数百英里[1]来到某个文明前哨,并在那里对所发生的一切扯

1　1英里约合1.6千米。——本中文版注

谎（我被砸昏了，几个小时后醒来发现我身边的战友们都死光了）或是诚实地坦白（我本可以尽力帮助卡斯特和他的士兵，我却溜了，他们还在奋力战斗时我丢下了阵地）。

这是一道可怕的难题。

我骑马时想着，在我看来，只有一条出路：自我了断，来保住我的荣誉。

然后一个追击的勇士在我身边停了下来。从他先前站着的地方走上前来。在打战的昂特梅耶一家旁边。他现在骑马来到我身边，手里的枪松垮垮地荡在身侧。

我把手探下去，一把夺过枪。

这真容易。

"喂，喂。"他说，并试图把它夺回来。但我是一名军官，最勇敢的男人，逃跑产生的肾上腺素仍在我体内。

而且他的枪现在在我手里。

为什么不使用它呢？

为了救下我亲爱的朋友昂特梅耶一家——在最后阵地山被团团包围，在死亡边缘，身在**指挥台**旁的他们——而使用它？

我把枪指向勇士的头。头上的太阳是一颗沾染尘土的圆球。在上方有两枚眼熟的消防喷头。草原上的草摇曳着。在折叠椅之间。我的朋友们在小山上就快要死了，我感觉到他们在催促我开枪，拯救他们。

我开枪了。

勇士倒下了。第二个勇士跳下马,冲向第一个勇士身旁。如果要救下我的朋友们,他也一定要死,我开枪了,他倒下了。他双脚交叉,穿着一双黄色球鞋。是她的双脚。她的双脚穿着黄色的球鞋,交叉着。她死了。

歌者们的**歌**起了变化,从**歌唱**到尖叫。

第一个勇士依然在动弹,示意我凑近他的嘴。

我照办了。

尽管他是敌人,但他和我一样,是一名战士,一个行动的男人。

"你以前是谁?"他问,用不带口音的完美英语。"在这之前?你一定是什么人。你有没有过妻子?孩子?查查笔记本。这些人?他们不是你的朋友。他们利用了你,并且还会继续利用你,侮辱你,还有数以千计和你一样的人,直到有人制止他们。"

妻子?孩子?

我投入最激烈最真诚的专注来思索。

但是什么都没想到。

"没有。"我说,"没有妻子,没有孩子。有的话我肯定会记得。"

"你不会的。"他说,"你绝对不会的,那是这些浑蛋对你犯下的最糟糕的事情。"

他死了。

妻子?真滑稽。要是我有妻子,我难道还记不得她的名字?想不起她的姿态?她在我们——我们整洁的黄色小屋是怎么走来走去的?在柳树下,在一条尘土飞扬的小路尽头?透过侧窗可以瞥见两间歪斜的绿色鸡舍,它们几乎要靠在一起,长长的柳枝垂下来——

天啊,我猛地一激灵回想起来。我确实有个妻子!真的!在密歇根的时候。格蕾丝·贝拉德。还有孩子:格蕾丝·艾琳·哈灵顿,女儿。哈利·贝拉德·哈灵顿,儿子。来自克林顿县。密歇根的克林顿。我的上帝啊,我究竟做了什么?为什么我到这里来了?到这个村庄来?

我骑马来这为的是让马蹄踏过孩子们聚集的帐篷,用绳子把哭泣女人的手绑起来。

那里的孩子就像我的孩子,女人就像我的妻子。

本来会那样做。

但是由于这两个人的介入。

我杀掉的这两个人。

模组催促我回到正题:哈灵顿的死讯(我**发言**,我**叫喊**,在**模组**的逼迫下)传到在密歇根的老家的哈灵顿太太那里。起初她镇定地接受了这个消息,但到了晚上人就不见了,把孩子们留在空荡荡的家里。有两年她音讯全无,那段时间她游荡去了西部,寻找自己的丈夫。有一次,她被克劳部的成员发现在战场上游荡：一个发了疯的白人女人，衣衫褴褛，依然穿着她收到丈夫死讯那晚穿的那条裙子，这个精神错乱的女人很可能在沿途遭到过男人的侵犯，还被饥渴折磨得不成人形。

我亲爱的妻子。

是我对你做了这一切，是我将这梦魇般的命运遗留给了你。

为什么我还在这里？我**发言**道。在这趟杀人的行军中？在这面**发言墙**上？我的思想和行为是否曾经真正属于我自己？我是不是永远都死气沉沉地挂在这里，直到注入**脉冲**？为什么我、劳伦、克雷格和我们的**歌者**必须被悬挂在这里？哪怕是珍，卑微的珍，甚至应受谴责的成年子迈克，也可以随意离开**收听室**？有没有人为了我的愉悦，按着我让他们**讲**的话来**发言**？有没有人为了我的快乐而**歌唱**，哪怕一次？

接着，突然间，大草原消失了，恐惧也消失了，我不再因逃亡而筋疲力尽；我也闻不到马匹，血液，或是太阳炙烤过长草的味道。

我不再是哈灵顿了。好吧，有一点儿是。然后就完全不是了。

昂先生站到**指挥台**前，已经把我们**关掉**了。

我回过神，感到羞愧。为我刚才所**讲**的一切，我刚才公然大声**发言**，违背了我的技艺、我的生活，违背了亲爱的昂特梅耶全家，我的家人们。

如果仅仅因为未经允许而说话，一个人就被送进**处罚**小屋，那么现在等待我的将是什么惩罚呢？

我射杀的那两个人已经死了，还很年轻。她的一只黄球鞋鞋带都没有系好。他今早或许对即将发生的事情感到惴惴不安，漏了一个皮带环。这两个人，在另一段人生里会成为我的朋友吗？他们会不会喜欢听我**发言**，说他们感兴趣的话题？现在都不可能了。从今以后，对他们来说，什么都不可能了。

而这都是拜我所赐。

来宾们叫好：我救了昂特梅耶全家，这群疯子要来杀死他们。

白帽联盟的其余成员在东倒西歪的折叠椅中睁大眼睛站着。看来，一直以来，只有他们的领头有一把枪。也就是说，入侵者里只有那一把枪。

而我现在正握着它。

来宾受到我行动的启发，转向入侵者。**收听室**充斥着拳打脚踢的声音，脑袋被撞到墙上，男人掐着其他男人，女人们喘着粗气，惊讶地发现自己正拽着其他女人的头发。

来宾的人数更多，有着人多的底气；不会轻易落败，在很久之前就决定用人墙作保护层，从而避免损失。

但是劳伦，亲爱的劳伦，之前是多么温柔，大步穿过

收听室，冲着昂太太的脸就是一拳，她尖叫着说她有过个宝宝，宝宝叫斯图尔特。她现在全想起来了，婊子！昂先生想去帮昂太太，克雷格从身后把他踹倒。**歌者们**涌上前，悠扬地哀诉着。成年子迈克被他们丢下，瘫倒在门边，杰德嘴里含着血，挣扎着从墙边站起来，两个联盟成员刚把他扔上了墙；珍被一个女**歌者**肘击了脸部，**歌者**早先要求服用安定，但现在似乎信心十足，她在两张折叠椅之间徘徊，喃喃自语，似乎很迷茫。

真是奇怪极了，看着我这些亲近熟悉的朋友（昂先生、昂太太、珍和杰德）被拖入如此境地。

被我其他亲近熟悉的朋友（劳伦和克雷格）。

我手里的枪沉甸甸的。

我不是由一个庞大无比的女人生出来的，而是一个正常人大小的母亲所生。我现在知道了。我，很有可能，有个妻子。我必是很爱她，可我完全想不起她。我现在爱的是昂太太，会给我美妙啫吻的昂太太。我见不得她受伤，因为我们共同经历过一切。也不愿见昂先生受伤，他曾那么多次地把我带往如此美妙高尚的表达。此外，我也不愿见到劳伦和克雷格，我认识了一辈子的伙伴和协作者受伤，但我知道，如果他们在这里失败了，他们必然会承受**来宾们**的合力碾压，报复性的力量。

昂太太拉开劳伦，匍匐着爬向我，即使这副样子了，她还是如此优雅。

"杰瑞米。"她可怜兮兮地说道,"求求你救救我们。"

我怎能拒绝她呢?她是我所知的最大的快乐源泉。入侵者会杀掉她,他们会的。他们差点就要这么做了,如果他们得逞就会这么做。

在她(蓝绿色的)眼睛里,我看见:渴望,接受,一股温暖的肯定——如果我把枪递给她,她就会做对的事情。

为了我们俩。

为了我们所有人。

我把枪递给她。她把它递给昂先生,他命令白帽联盟、劳伦、克雷格和歌者们跪地。很快,除了**来宾**,所有人都在地上,与倒下的两个胖男人和被我射杀的两个人在一起,那两个人,现在,在死亡中,摆出一副狂舞的姿态:那个黄球鞋的女孩似乎在把笔记本扔给领头,领头像是要接住它。

昂先生扑过去,夺过笔记本,把它塞进了**演出**西装的口袋里。

一场巨大的悲剧由此避免。

但是我必须承认我之后非常低落。

警察带走了克雷格、劳伦、**歌者**和入侵者。**来宾**受到询问后走出了**收听室**,兴致勃勃地对正义的胜利表示满意,说着入侵者的狂妄自大、我的勇敢,以及我令人钦佩的内心。

"哇，干得漂亮，伙计。"杰德依然摇摇欲坠，他把我重新**束缚**在地面上，取出了我的**游星**，把我的头重新安放到**费伊杯**。"这帮土匪就是畜生。"

"至于那两个，"珍说道，望着那两个空荡荡的**费伊杯**，之前克雷格和劳伦的脑袋就是卧在那里，"他们会没事的。说实话，他们将永远不知道发生了什么。"

杰德和珍出去了。留下我一个人。

天啊，我想，流出热泪，我从来不想杀死谁，恰恰相反，我希望自己从来不曾伤害任何人。可看呀：我杀了两个人。同时在我心里：克雷格和劳伦，当他们挣扎着被粗暴地拖走时，他们对我露出的失望眼神，我没有那么快就能忘记。

夜幕降临。

沉默的一男一女带着一块抹布和小推车进来，清洗血迹并运走了我杀死的两个人。

谢天谢地。

我是出于爱这么做的，我反复对自己小声说，这时升起的月亮在木板窗的边缘形成一个方形的光晕，而在地板上，一个相连的平行四边形光晕缓缓地向**指挥台**移动，然后，破碎开，攀了上去。

约莫在午夜，昂先生进来了。

"你也睡不着是吧?"他问。

我举起手。

"说。"他说。

"克雷格和劳伦会遭遇什么?"我问。

"他们会获得一些帮助。"他说,"在医院里。某种帮助。会有些工作来帮助他们忘却这愚蠢的一切。好吧,是忘记所有,实际上。让他们回到原点。这样他们就可以重新开始**发言**。在这里,或在其他地方。我还没有定。"

"哦。"我说。

我在此地听见了昂太太的声音,她在**主起居区**走动。

昂先生见我在听。

"至于那个嘛?"他说,"她不会再来这儿了。我们讨论过了,她也同意。彻底结束了。不会再来了。但要是她再来呢?再进来?你就大叫。这是命令,随便是什么吧。是指令。我们试着挽回我们的婚姻。你不会不愿意帮我们这个忙吧,伙计?你懂的,就叫出来。要是她,呃,心软了,还过来?"

我点点头。

"就这么办,知道吧?"他说,"我不怪你。完全不怪,她是个漂亮的女人,我明白。像你这样的人,呃,受到局限的人,怎么会知道克制、道德、忠诚,还有所有别的品质?滑稽的是,我也完全不怪她。我们陷入了低谷。我有些退缩了。过度沉湎于我的爱好。你还是个漂亮的年轻小伙。我打赌你把她哄得很好。用你的**发言**。我没说错吧？"

我涨红了脸。

"我的人生故事，"他说，"纯属自作自受。"

他从口袋里掏出一个桃子，放到我手里。

"没有不开心，"他说，"你唤醒了我。真的。唤醒了我们。拯救了我们。真真切切地，你知道吗，因为你杀掉了那两个人。这可是个大事情，当然了。那时没了你，我们会怎么样呢？"

"已经死了。"我说。

"已经死了，是啊，没错。"他说，"但说句多愁善感的话，我们会怎么样呢？"

没了我，我想，你就没地方可以多愁善感了，你们都死了。

"也许你想知道——我知道你俩挺亲密的？"他说，"小迈克正和一些富有同情心的亲戚在一块儿。也在获取一些帮助。这让他挺心碎的。显然。"

他出去了，漫不经心地把几把椅子摆正，随后又放弃了。因为这是个繁重又低级的活，最好还是留给珍和杰德这样的人来做。

尽管很累，我还是等着。

等着昂太太。

很可能他就在外面，像老鹰一样盯着她。

来我这里吧，我的爱人，我想。我已经为你杀了人。我要知道它是值得的。

然后她进来了。

是的，她来了，违背他的意愿。

她静静地靠着**指挥台**站立，她竖起一根手指举到唇畔，表示：不要出声。

无视他的指令，我没有大叫。我想让她知道，我在这里等她，我将与她做任何她渴望做的事，哪怕是极端的事，无论是什么。

"我想谢谢你。"她耳语道，凑上前来，她闻起来很香，就像一朵玫瑰，如果玫瑰能带点怒气的话，"在对我来说非常暗淡的那段时间，你让我对自己的感觉变好。在我的旅程中，你像一个支柱般存在，当时我真的是孤立无援。在另一个世界，谁知道呢？但在这个世界上呢？嗯，不，当然不是。我确信，像你这样聪明的人，你一直都完全明白这一点。我希望，你，在这里，将永远把在外面的我，当成朋友。尽管我们不会再有，呃，互动了。或者，你知道，再也不会了。真遗憾。"

她在我的额头落下一个吻，就出去了。

我想继续追问。但她背对着我迅速离开，没有看到我举起的手。

很快，从**卧室**里，我听到了声音，某些令人心痛的声音，精力充沛、欣喜若狂、充满抚慰的声音，紧接这个声音的，可能是与死亡令人恐惧但又清晰的擦肩而过。

它就这样不断地进行着。

还好成年子迈克不在家，我想。

后来，**卧室**里的声响变得更为沙哑与私密，不再像冲击与释放：低声的许诺，轻声的赞美，急切的喃喃自语，预示着一个陈旧而珍贵的纽带重新燃起了生命。

翌日早晨，杰德进来了。

他带着克雷格和劳伦。

"艾德，莎伦，"杰德说，"这是杰瑞米。"

艾德和莎伦冲我点点头，想说，你好，新同事。

他们看上去不记得**收听室**了，或者说不记得我。杰德把他们的头安放进**费伊杯**时他们只是羞涩地笑着。

昂先生微笑着走进来，容光焕发。

"多棒的早晨。"他说，"上帝好好地待在天国。还有所有那些令人快活的乱七八糟。伙计，我感觉不错。你说我们把卡斯特那段结束怎么样？像这样被打断会让人难受极了的，不是吗？"

我猜他在和我说话。因为刚刚接受**束缚**的艾德和莎伦像两个记忆清空的白痴（我无意冒犯）挂在那里傻笑。

但没错：我们的**演出**突然中断，就像还有几个没打完的保龄球瓶留在那里。我曾在最后阵地山上，在最高的**强度**下，被敌人包围，我的一部分仍然留在那里，与卡斯特一起，畏惧我的死亡；即使另一部分仍然与疯马等人一起，包围着山头，向山上射出箭。

昂先生走上指挥台。

我开始了。

再一次：饥渴，恐惧，血腥的气息，马匹，夏日的长草，烈日下的皮革。卡斯特和他的士兵登上了那座他们即将葬身的小丘。卡斯特意识到雷诺的袭击已经失败了，他已经寡不敌众，他出了名的好运耗尽。什么都看不见，满眼都是灰尘。在这最后时刻，他突然想到他最小的弟弟波士顿和他刚满十八岁的侄子奥提。波士顿和奥蒂不是军人，但他允许他们来这里，骑马玩乐，纯粹为了刺激。现在，由于这种放任，他们就要死了。他很有可能要看着他们死去；也有可能他比他们先死，他们看着他死去。也有可能在尘土飞扬的混乱中，他们都没有看到对方的死亡。没有人知道是怎么回事。没有人会知道。但现在他们都在死去，在尘土中，在喊叫声、咒骂声、哀号声和疯狂的笑声中。

万籁俱寂。

当战士们上前查看他们的战果时，尘幕缓缓落下。有些人泛起恶心，独自坐了下来。其他人在胜利的迷狂中表达感激之情。一些年长的人直觉到了真相：这场惊人的胜利不过是前奏；白人国家这个庞大的怪物被这场羞辱所刺激，很快就会进行无情的报复。

现在艾德和莎伦加入了我。

我们三人成了女人，在死去的白人之间走动，剥光并肢解他们的身体，这么做可以在来世阻断并侵扰他们的灵魂。我们把箭插进直肠，把锯下的生殖器缝进嘴里；用石头把卡斯特的兄弟汤姆的面容彻底抹去；用锥子刺穿卡斯特的耳膜，因为他生前不会倾听。这并没有给我们带来快乐；我们知道这些，即便这些，都是儿子、丈夫、父亲、兄弟。但我们的心是恶的。我们恨他们，我们恨死他们了，因为他们是咄咄逼人、杀人不眨眼的傻瓜。我们自己众多的儿子、丈夫、父亲和兄弟都活生生地断送在他们手中。他们为什么要来？为什么不待在家里，爱着属于他们的，知足于自己已拥有的，享受眼前令人惊叹的眷顾？现在，就由我们来阻断他们可怖的愚蠢；决不能让它毫无顾忌地流向下一个世界。

在这里，我们的**歌者**本应发出一种模仿的声音：平原上的风扫过逝者，女人仍在经受折磨，悲痛的亲人回到村里，疲惫不堪的矮脚马受了伤，一瘸一拐地走到河边喝水。

而这本是终结。

但因为我们没有**歌者**，**收听室**陷入了沉默。除了开始哭泣的昂先生。他出于感激而哭泣。流浪的她现在回来了。原本无爱的地方，又充满了爱。现在，他的生活将再次回到未经历这些考验的时候：一次伟大的冒险，注定屡屡胜利；统治每条战线；每天确认他在宇宙中心的地位。

我看了看埃德和莎伦。他们脸上映出第一次**发言**时的狂喜。

我多么嫉妒他们。

因为，无论昂先生将来让**我发什么言**，我都不会再享受了，难道还能像从地上被捡起来的木偶，享受起突然出现的操控之手。

大胆行事的妈妈

她再度发现自己正在用她宝贵的晨间写作时间在她那间可爱的小厨房里来回踱步,没有丁点进展。为什么她还拿着一个开罐器?

嗯。

这可能有点东西。

《可靠的开罐小家伙》。**开罐器**杰拉德是个梦想家。他想要打开**大**家伙。**大大的**家伙。**最大的**家伙!可他迄今为止开到的都是,呃,豆子?玉米?吞拿鱼?

你得给他些要紧的东西开开,好结束这糟糕的状况。药品?心脏病药?你没有用开罐器开过心脏病药。番茄膏?家里某个亲爱的人特别想吃意面吗?意大利老妹。大家的朋友。她奄奄一息。意面带她回到了佛罗伦萨或是其他什么地方?可是现代的高科技开罐器克里夫正在和一只坏漏筛和一颗愤世嫉俗的生菜头开派对。杰拉德瞧见了他的机会。尽管他来自六十年代，也不像克里夫一样有个挺括的橡胶把手，他依然能开东西。这不就是嘛！他有机会帮着亲爱的婷蒂妈妈获得她临终的最后一碗——

啧。

说真的。

为什么波茨先生还躲在杂物间的门后发癫？她已经给了他三块花生酱小点。

《不高兴狗子》。不高兴狗子从来就没开心过。不管给他多少块花生酱小点。他在里面的时候想出去。等他出去了——

她从盒子里另抓了块花生酱小点。

《为了让盒子里其他的花生酱小点能够存活而自我捐躯的花生酱小点》。**花生酱小点**吉姆将自己花生形状的身体冲着那只摸索的人类大手越抬越高。杰克与波利惊奇地望着。吉姆是在试着让自己被吃掉吗？"去吧，去实现你们的梦想吧，你们俩！"吉姆高叫着，一边被拇指与一根指头环上了，呃，他纤瘦的部位。对于一个**花生酱小点**来说，那里就是他的腰。

她移开门，把花生酱小点给波茨先生。她靠在门上呼唤德雷克过来把波茨先生拴上。

无人应答。

《没能应答的儿子》。很久很久以前，有个儿子，在被呼唤后，没有能应答。他是故意无视她吗？是因为快到青春期了吗？他是不是还在手淫？那是她要管的事吗？母亲要忠实地检查内衣/床单看看有没有手淫的痕迹，以便在需要的时候，她可以用她平静的方式让他知道，每个人，哪怕是名人，甚至是我们伟大的，历史上——

《属于自己的时间》。乔治·华盛顿，那年十二岁，躺在自己床上。那是一张四柱床，那个时候所有的床都是手工的。怪不怪？他正在意淫什么呢？他们的邻居贝斯蒂·阿尔考特太太，穿着一件贴合身材的紧身裙，正伸手摘下他的三角帽？不：要是一个人感受到什么，那么，根据定义，那是"正常"的。如果他发现自己正在抚摸自己，一边还想象着纤细的阿尔考特太太不经意地将她的羽毛笔举到自己丰满的唇畔，毫无疑问，其他时间地点的其他小男孩在想象类似的事情时也倾向于抚摸自己。因此，他在做的那些事情也没有什么嘛！突然间他感到多么自由，感受着自由，开始梦起一片新大陆，那片新大陆上所有的一切都自由得像——

老天，快中午了。

是时候坐下来，真正写点东西了。

不过德雷克哪去了？说真的？她很担忧。他还是个宝宝的时候就有气胸。

你还好吧？昨晚她从床上喊道。

你要把他逼出毛病了，基斯曾经说。

我没事，德雷克在自己屋里喊道。好吧，没有声。

肺还在工作？基斯问。

就我所知还在，德雷克说。

我们只是在担心，她说。我们爱死你了。

我也爱你们，德雷克说。

接着陷入了一阵甜美的沉默。

她爱极了这个。拥有一个家庭。电视上的家庭总是一团糟，可是她家完全是另一回事。他们相亲相爱。欢乐无边。他们互相信赖，互相倾诉，无论对方是什么样子都全盘接受。

不在前面，不在后面。

怎么回事？他保证会待在院子里的。而这个孩子从来不会违背许诺。

《在小树林里肺宕机了的男孩》。

《倒在地上虚弱地呼唤着妈妈的男孩》。

《孤零零死去与林间幽灵合为一体的男孩》。

母亲一直徘徊在林间，找寻她迷失的男孩。

呀。

《冲进树林但是忘记怎么做心肺复苏后来又猛地记起来了的母亲》。

哦上帝，哦上帝。她的双颊滚烫。

德雷克在某个地方受伤了。她就是知道。一个母亲知道这些事情。

她抓起自己的手机和急救箱——

等等，呼，等一下。

这就是基斯一直在谈论的东西。她吓坏了。她有一种情绪激动的倾向。有时候一个母亲不仅仅是知道这些事情。上个月，她刚知道他在公交车站要被掳走。她穿着浴袍踩着室内拖鞋狂奔到那儿。他见她过来了。他开始摇头，仿佛在说，妈，别，别，别。但是来不及了。更年长的男孩们已经学起了她慌乱的脚步。

她曾一度梦到他开始抽烟。在梦里，他在抽一支雪茄。在童子军面前。颇有点炫耀的意味。他有了男人的声线，用那个嗓音问贝尔登先生有没有"优秀吸烟奖章"这样的东西。翌日早上，在现实生活里，他撞见了她正嗅自己的衣服，并开始像他实话实说却被置之不理时那样号啕大哭。

"我为什么会抽烟呢？"他说："妈，那很恶心。"

你必须做的是推翻你非理性的恐惧。通过学习事实。她在《最佳生活》杂志中读到过这一点。一个害怕坐飞机的姑娘在去中国旅行前的一个月里一直在背诵空难死亡的统计数据。一个怕蛇的男人反复跟自己默念大多数蛇都是无毒的。在另一篇文章里，还有父母出于好意，却走得太远。一位妈妈过分注重健康饮食，却导致自己的女儿患上厌食症。一位爸爸在练小提琴上过分严格，结果他的儿子痛恨音乐，且一接近抛光的棕色木材就会惊恐发作。

此刻在全世界范围，成千上万的小男孩在外面乱晃，违背了他们之前说要待在院子里的承诺。

大多数小树林并不危险。

通常来说，肺也不会动不动就罢工。

这个世界不是一个充满恐怖与敌意的地方。而德雷克是一个顶着个灵光脑瓜的小伙子。

他没事。她现在要做的就是坐下来写点东西。

她不打算做的是徘徊在窗边。

非常。

《渴望进屋来的树》。从前有一棵树想要进屋来，坐到柴火炉旁。他知道这很奇怪。他知道他的树兄树弟都在这里头被残忍地焚烧着。可是，天啊，厨房看上去真迷人。因为母亲在里面辛勤地工作。画画什么的。在她本应该写作的时候。从烟囱里冒出的烟气闻上去多么美妙。他树兄树弟焚烧的血肉闻上去棒极了。

啧。

重来。

从前有一棵渴望进屋里的树。**提姆树**对人深深着迷。在还是一棵小树苗的时候，他就喜欢听人们说话。神啊，"变速箱泄露"是什么意思？爸爸说的"你沉迷太过了"是什么意思？妈妈说的"沉迷着"的是她的"超能力"，她"每天都要使用,在工作中"又是什么意思?有那么多词语要学习!什么是"道歉",什么是"心绪不宁",什么是"亲爱的"?如果风自东边吹来,将他微微压向左侧,他就能够透过水槽上那扇许久没擦洗过的肮脏小窗瞥见厨房里面,妈咪正透过这扇窗望着他,脸上是担忧的神色——

重来。

提姆树喜爱的位置靠近通往树林的小径,在那里他可以看到各色来来去去的森林居民,他们有大有小,像熊啊,狐狸啊,徒步旅行者啊,猎人啊,而在今天——

一个奇怪的画面。

这个词组从她的脑海中蹦了出来。德雷克走进院子。跌跌撞撞地。脸上有血。真见鬼。像个小醉鬼似的东倒西歪。

她冲出房门,身后跟着狂吠不已、径直冲向花园的波茨先生。她穿过花园,把德雷克捞起来,又穿过花园,托着他把他放到门廊的阶梯上。

出什么事了,宝贝?她问道。宝贝,出什么事了?

老头,他说。

老头?她问。什么老头?

他从我身后出现,他说,把我推倒了。

在哪里?她问。

德雷克不肯说。

亲爱的,你去哪儿了?她问。

教堂街，他说。

那里是——哦，上帝啊，那儿靠近下城区。不许你去的。

现在不是说这个的时候。

她把他弄进屋。鼻子没断。牙齿没掉。她给在上班的基斯打了电话。叫了警察。清理了德雷克的脸。他看上去像是被挠了。

他只是……把你给推倒了？她问。

推进了灌木丛，他说。

可能是玫瑰或者黑莓树丛。

上帝啊。

十分钟后，基斯进屋了。

怎么回事？他问。

她的电话响了。

警察抓到个家伙。已经抓了。是个老家伙。有些神志不清。他们发现他在教堂街和贝尔福勒街之间游荡。她能不能过来一趟看看？带上那个孩子，要是他愿意的话？

哦，他愿意来，她说。

是个老头，好吧。

长头发，缺牙，穿着双恶心的凉鞋，眼珠子紧张地到处乱转。

他当然否认了。他为什么要把一个小孩推在地上？他只是最近过得不太顺利。但这不意味着是他把孩子推在地上的。这个错误的指控是其中一部分。是好邻居格伦达开始的吗？格伦达有个网络，警察似乎也是其中一部分。吉米·卡特也是其中一部分。

在这个老头被询问时，她、基斯、德雷克和警察看着警察的笔记本电脑。

我不确定，德雷克说。

警察给了她和基斯一个眼神，像在说：他得确定。

哦，拜托，这有多少可能？有个老头把一个孩子推倒了，半个钟头后，在一个街区开外有人找到了个老头，还神经错乱？

行吧，现在是家长上场的时候了。

来些微妙的引导。

如果这个家伙从这里走出去，亲爱的，她说道，你不觉得他还会再把其他小孩推倒吗？那个孩子最后可能不只是擦破点皮？

做出这种事情的人需要帮助，朋友，基斯说，他能否获得帮助，唯一仰仗的就是我们现在要开启这个程序。

进了监狱对他有什么帮助？德雷克说。

警察脸上的表情似在说：嗯，好问题。

或许他能在那获得一些建议，她说。

一个成年人无缘无故把小孩推倒在地，这是有问题的，基斯说道。

要是就这么算了有点不负责任,她说。

德雷克说他要几分钟来考虑。

可怜的小家伙。

小办公室里的一台座机响了,警察走过去接。

《艰难的决定》。男孩坐在一张银色的办公椅上,不安地扭来扭去,小小的手指描着脸上的一道刮痕。他母亲为了不让孩子感到压力,装出一副在看公告栏的模样,想到他被——那个该死的浑蛋置于这个境地就觉得难过。缺牙的嬉皮浑蛋。她应该冲进审讯室把那个糟老头子推在地上。让他尝尝这个滋味。尽管他人高马大的。而且能从他脸上看出这人有股狠劲。

警察从小办公室出来的速度更快……比你想象得警察出小办公室的速度还要快。他很快就出来了,径直经过他们,站定。就像在卡通片里一样。你还想着几秒钟后他的弹力领带才咴的一下从小办公室里飞出来。

嗯,这确实难以置信,他说。

什么?她问。

又一个。他说。

又一个什么?她问。

老头,他说。在教堂街那儿,到处乱晃。他们把他带过来。

第二个老头几乎和第一个长得一样。他们可能是兄弟。老嬉皮，长头发，踩着凉鞋，缺了一颗牙。

不一样的牙。

反正就是掉了牙。

她和基斯交换了一个眼神，像说：呃。

第二个老头也宣称自己是无辜的。看上去要比第一个人清醒些。他手里正粗暴地摆弄着一卷强力胶带。为什么警察不把它拿走？也许这被认为是一种"持有"？也许他"有权利"心烦意乱地把它从一只手扔到另一只手？

上帝啊。

这个国家。

他们又把第一个家伙带回来，现在两个老嬉皮并排坐着，看上去对彼此都很有戒心。她感觉，这两个人都在心里为自己辩护，都认为自己更聪明，真正洗心革面的前嬉皮士。

德雷克快哭了。她看得出来。压力实在太大了。

我真的不知道，他小声说。

于是她叫停了。就这样吧。两个老怪物可以自行离开。她隔着窗子看着他们。他们踏上草坪，朝不同方向飞奔离去，速度很快，就像你把手探进水里时的小鱼一样。

至少我们没有把错的人投进监狱，回家的车上德雷克说道。

漫长的沉默。

嗯,是也不是,她觉得。他们其中有个人做的。把德雷克推倒。真的做了。走上前,把他推倒。自己心满意足地趿拉着凉鞋跑了。当然啦,这世上肯定发生过这样的事情。要是把两个人都送去蹲号子,你就对了一半。现在呢?错得彻底啦。那又是谁在受罪?她的小宝贝。谁没受罪呢?他们两个里犯了事的那个。他人刚刚就在外头,在镇上晃荡。这场小小的胜利激起了他疯狂的想法,(向他)证明他的世界观是,比如说有远见的或是之类的屁话。

难以置信。

该死的。

《大胆行事的妈妈》。搞到枪可是出奇地容易。她穿着黄色裙子,扎了马尾。她看上去漂亮但平平无奇。店里的那个伙计为她想要上课的意图鼓掌。他把[输入枪支的种类名称]递过来。能否请他给她演示一下如何上膛?他可以。他教了。现在她正缓缓地驶向教堂街。那家伙在这儿。那个老嬉皮。不管是哪个人干的。看到枪,他招了。不。她驱车来到他身后。逮个正着,他正准备推倒另一个孩子。一个小女孩。穿着圣餐服。他沉迷于此,把小孩推倒。谁知道为什么呢?或许他自己就被推倒过,在他——

不,不是。

他就是个变态。

她跳下汽车，单膝跪地，瞄准。砰。正中目标。打中了腿。她这么做是出于同情心。她的枪法出奇地高超。鉴于她从没开过枪。好吧，她一直都身手矫捷。他倒在地上。受伤后，他坦白了。求她饶命。但是他看上去并不是那么有悔意。他是在糊弄她？他假惺惺道歉时眼里是不是闪过一丝嘲弄？她将枪抵在了他汗涔涔的额头上。

天啊，天啊。她要——

他们沿着河流行驶。一位皮划艇手正逆流而上，大喊大叫，不是疯了就是在打电话。德雷克坐在后排，斜靠在门上，看上去泄了气般，满腹心事。他心情不佳，她看得出来，因为确认不了是哪个人干的，也因为在车里造成了这股奇怪的无声紧张。

她突然意识到，这一切还在持续。

我觉得你做得满分，她说，那不容易，你处理得很棒。

阿门，基斯说。

我真希望我能记得，他说，我脑海里一遍遍在重演。

然后呢？基斯说。

好吧，他肯定是穿了牛仔裤，德雷克说。

汽车还是驶入了他们的老房子。房子看上去很悲伤。《受害人之屋》。过去一年，他们重新做了房顶，还建了一个新的门廊。为了什么？他们努力参与进去的大事是什么？是好事吗？有什么意义吗？他们做这一切是为了什么？为了他们的小孩被某个怪人推倒？到目前为止，这是发生在他们这个家庭最大的事情。

同一个街区里的其他房子眨着眼睛，那是它们的窗户。

你比我们更好，他们想。

《突然发现自己受到排挤的房子》。

《房子受冷落不是它的错——》。

胡说。废话。愚蠢。

三个人在轰隆作响的汽车里坐了一阵。

我知道我不该去下城区的，德雷克说。我就是想去试试。

行吧，基斯说。

真是个好爸爸。讲道理的男人。亲爱的人。总是——好吧总是什么都可以。哪怕这种事，显然。德雷克违背了诺言也觉得没关系。随便哪个吓人的家伙袭击了他们的小孩然后全身而退也觉得没关系。

她想——如果她完全坦诚的话——在警察局时，基斯，好吧，要是没有让他们失望，说真的。她不会走到那一步。但是过去的日子里就没有一次，基斯，这个在家里有权势的人，能把另一个有权势的人，也就是那个警察，拉到一边，然后，在两人之间达成一个协议，把那两个怪胎悄悄带到外面去"谈谈"，然后，哎呀，在外面的时候，把他们打得屁滚尿流?

把他们俩都?

就为了保险起见?

好吧,那不是最优解。

你知道的,那不公平。

或者不管怎样。

但是天啊。这两个废物没有一个真正做过件大好事。让我们来假设一下,基斯和那个警察有点主动性,哪怕犯点错误,(轻轻地,表演性地)教训一下那两个浑蛋。那个犯了事的人呢?就不会再这样做了。那个没犯事的人——嗯,如果将来他考虑做一些出格的事情,鉴于他过的日子,他很可能会这样做,他会三思而行。最后的结果?一条更安全的教堂街。像德雷克这样的好孩子可以走在这条街上。在她的脑海里,德雷克缓步走在这条有些年头的教堂街上,冲着坐在门廊上喝着冰茶的老夫妻挥手。去后面,小伙子,老苹果树上有轮胎做的秋千!丈夫说。他的妻子坐在那头织着毛衣。你让我们想起了我们的儿子,他现在是一名成功的医生!她说。她的毛线球掉了,从门廊上一路滚下来,她的丈夫一边蹒跚着下阶梯去捡毛线球,一边笑着揶揄起自己的背来。

多好的人。

高尚的人。

然而教堂街并不属于他们。也不属于德雷克。它属于那两个怪胎，就因为是怪胎，他们就在整件蠢事中不知怎么成了最有权势的玩家。为什么是社会边缘人在唱主角？没有搞错？这一切太落后了，因为没有人想要伤害其他人的感情，没有人愿意说出心里话，没有人足够在意到去站在正确的立场上。

而事情一直在恶性循环。

他们穿过一堆树叶走上门廊。这可不好玩。今天它不好玩。今天，它是做下一件不好玩的事情前他们不得不做的事。下一件事是晚饭。

这是真的。这真的发生了。有个家伙袭击了她的小孩，却没有承担任何后果，还很有可能绕着团篝火一样的东西跟其他无赖吹嘘这事。

那她要怎么做呢？

进屋去温顺地煮意大利面。

晚饭后，她写起这些东西。很容易。只是倾泻而出。从心底直接冒了出来。一篇散文。《正义》，她这么叫它。再会，心怀梦想的开瓶器；再会，会说话的树；再会，尽职的冰激凌车车胎亨利，那个她去年大部分时间都在写的垃圾；再会，被迫的乐观主义；再会，政治正确。这才是真正的狗屎。哇。她刚好知道要说什么。就像穿过一条小溪，石头不断出现在她脚下。就像大声说话。但是是在纸上。这是她写过的最诚实、最原始的东西。它听起来不像她，但它是她，是真实的。

砰,没错,完美。

她写到了深夜。

早上,她下楼发现基斯正在阅读她写的东西。她的散文。好像,真的读进去了。她站在门口看着。好吧,这是件新鲜事。这次不一样了。他读她写的东西时经常挂着一副痛苦的表情,读后他还会说她拥有"狂野的想象"和"显然真的相当投入",尽管这个"可能超出了他的理解",因为他是个"没有经过文学熏陶的傻瓜"。

好不好?今天她问。

哇,他说。

他红着脸,一条腿在桌下弹动着。

哈。这很好。那是——奉承。她今天早上筋疲力尽,但那又怎样?她走进厨房,把他们在塔吉特超市买的小写字台整理好。这样就准备好了。为了下一次的文思泉涌。基斯喊了声说他要去跑步。哇。基斯已经很多年没有跑步了。仿佛读了她的散文,令他想要自己在某方面与她的写作一样出色。不是为了吹牛。但这就是好文章的作用,她意识到:你说出了你真正的想法,并产生了一种能量,这种真诚的能量流向了读者的头脑。这很神奇。她是一位散文家。

这些年她都在错误的体裁上发力。

发生在德雷克身上的可怕事情让这一点很清楚。她本不会选择它。但事情已经发生了。而现在她必须纪念它。

她坐下来写作。

她的电话响了。

她人生的故事。

他们抓到了第二个人，警察说，拿着强力胶带的那个，他闯入了一辆汽车，并且承认自己推了德雷克。警察给她读了那人的陈述："没错，是我推倒他的。他看上去就是个自以为是的小浑蛋，我不知道自己为什么那么做，说实话。反正他没死。现在他可能就没那么自以为是了。我打赌不会了。不客气。"

这有点滑稽，警察说，他俩是堂兄弟。

谁？她说。

那个，嗯，那两个嫌疑人，他说，你知道迪米尼吗？那个家具店。戈斯·迪米尼是他们的叔叔。

哦，迪米尼那家。他们在那儿买的电视机。是个好地方。破落的地方。他们最出名的事情就是在圣帕特里克日免费派发绿袜子。那一周里管自己叫"奥迪米尼"。她小时候，那里曾是片爱尔兰人的街区。现在是——谁知道现在什么样？那边所有东西都被木板钉上了。你会在草坪上看到一堆购物车。一个满是曲轴的戏水池。偶尔还有几面联盟国国旗。不过戈斯·迪米尼是个可爱的人。高大圆胖，一脸的白胡子。亲切地在店里到处闲逛,把它当成饭店似的。就好像随时要请你坐在他的户外桌椅上。

她应该迈进去,证实自己是个好顾客,那么多年来,她在那里足足花了好几千美元。要求他做些什么。事关他那两个低劣的侄子。好吧,没有真的到几千块。也就一台电视机。在打折时候买的。大概就三百块吧。重点是,她是客人。或许她应该组织一次抵制活动。不过和谁一块儿呢?每次她驾车经过,停车场里只停着一辆送货车。有时候戈斯会在外头,坐在停车场的保险墩上,双手捂着头。

不管怎么说,管教两个糟心的侄子并不是他的工作。

她想到了瑞奇。她的堂兄。这个人在本该结婚的那天喝得酩酊大醉,朝体育用品商店的橱窗丢了把卸轮胎的扳手,闯进去呼呼大睡。第二天早上找到他时,他的两只手都套着捕手的手套。瑞奇曾经在一个月里接连搞大三个姑娘的肚子,并同时和两个姑娘的爸爸干架,打断了一个爸爸的鼻子,肋骨被另一个打折。他还偷过一辆车——他人生的另一个时期,那是很多年之后,他已经是两个(成年)孩子的父亲了——把车开到,远远开到了加利福尼亚或是俄亥俄,在休息站的时候冲着一些摩托车手大放厥词,最后全身打满石膏被送回来,后来他又在医院里袭击了一名护士。在拘留时,他中风死掉了。

他们有没有,她有没有跟瑞奇谈谈?上帝啊,有啊,一次又一次，每次她见着他的时候。他感动到落泪，保证要改好，接着就是开口借点钱要开自己的汽修厂。他的宏大想法是要把整部车检查一遍。她不明白，这算什么宏大想法，要是你拒绝借他钞票，他就会说：所以你就和其他人一样。一个礼拜后，你就会听说他偷了部卡丁车并把车开进了湖里。或是在教堂里大声嚷嚷着种族歧视的胡话，要么就是吸过头了，死了，又死里逃生了，再吸过头了，从医院里头冲出来，并企图砸掉一台停车计时器。

到后来，他们都放弃了他。除了珍妮特姑妈，她自己也不好过（白兰地，夜间惊恐），但从未放弃过瑞奇，哪怕在他死后。她在图书馆捐了个小角落，瑞奇·罗杰斯纪念阅读室，并在里面放上了关于药物滥用、基督教和汽修的书籍。

瑞奇至少从来没把孩子推倒在地。嗯，她知道。虽然他在教堂说了那句种族歧视的话后还把一个引座员给揍了。并且在他生命的最后阶段又搞大了一个十七岁孩子的肚子。他把那女孩父亲的杂货店给烧了，因为收银员拒绝让他到里屋去捡一点他们本就打算丢掉的东西。他原计划要把这些东西不付钱就拿回家，还要问商店收取二十美元的回收费。

这便是瑞奇。

啊，瑞奇，她想。他们小时候，她还疯狂迷恋过他。他就比她大几岁。是个那么有趣的人。还没变坏，真的，只不过是精力充沛，朝着鸡舍丢强劲的炮仗，把蜘蛛放进珍妮特姑妈的拖鞋里。

而现在他死了。

这个死去的、傲慢的、大嗓门的、没有思想的、准是个恋童癖的、种族歧视的白痴。

有一阵子她觉得他最了不起。

这些年，在她脑海里，她始终在为瑞奇辩护，同情瑞奇，或是说试着这么做，但是你猜怎么着？去他妈的瑞奇。她想到了那个十七岁就怀了孕的孩子的父亲，那个被狠狠揍了的引座员，那个体育用品店的老板。去他妈的瑞奇。老早就该有人朝那个白痴丢石头了。

我是说，没错，是的——显然有几颗石头已经砸过瑞奇了。入狱，他设法在韦伯斯特凑钱买下的那个小破房子最后沦为法拍，再次入狱，那些摩托车手，那个打断他肋骨的父亲，在教堂前廊打掉了他的门牙的那群教友，因为原来他殴打的那个引座员患有癌症而且是世界上最好的人而且几年前给牧师捐了一颗肾而且他们都爱戴他。

但这仍不够，都不足以让瑞奇让自己出粪坑。

她脑海中浮现出一个画面：瑞奇，在地狱里，穿着他过去常穿的那些肮脏的连体工装（这是他从一个汽修厂里顺来的，在那里他设法工作了一个多月），身上着着火，淌着眼泪。

他身形小。太小了。她可以把他放在自己手掌上。

你悔过了吗？她问，为你的所作所为？你真的悔过了吗？

金妮，这下面真是太热了，他说道。

那么你悔过了吗？她又问。

悔过什么？他问。

还是那么蠢，那么犟。难怪呀，所以他要下地狱。

他生下来就又蠢又犟，因为这人就是那么蠢那么犟所以一辈子都又犟又蠢。

有些不公平。

她把他从地狱捞上来，把他放进天堂。那里所有的东西都纯净洁白。他马上开始愤怒地四处踱步，把油腻腻的脚印踩得到处都是。天使望着她，好像在说，你想把这个家伙弄出这里吗？

她把双手一拢，把瑞奇当作一只小老鼠一般，而且相当专注，将他的油腻都烧掉了，通过阅读他的思想，她能够看见由于她爱意的关注，他现在成了个不一样的人。从前的瑞奇了无痕迹。真实的、最初的瑞奇了无痕迹。

她把他重新放进天堂，他站在那里，目瞪口呆，不管自己是谁。

她听见基斯重重地走上门廊。

写作时间到此为止。

他冲进屋，脸通红，满头大汗，头巾搭在肩上。

跑得怎样？她问。

我没去跑步,他说。

真是的,奇怪,他穿着卡其色的休闲裤。

他找到那家伙了,第一个老头,他说,那个讨厌吉米·卡特的家伙,冲他膝盖来了一下。用了德雷克的签名球棒。事情没有——没有那么顺利。那家伙差点把他的球棒夺走了。他成功地击中了他,也就一次。有点像,你懂的——打偏了?问题是,在那期间?他的头巾滑落了。那个家伙把他认出来了。喂,你是那小子的爸爸,他说,语气中带有惊讶,捂住了自己的膝盖。所以。就是这么回事。计划之前一直是,你知道——把那两个家伙都干倒。就像她散文里写的那样?给他们一次教训。学学规矩。学学秩序。学学"崇尚正义"。但在第一击之后呢?发出的声响?他已经泄了气。球棒落入河中。他从桥上把它抛了下去。他们得给德雷克搞一支新的。还要给他弄个签名。那让谁签呢?她还——她还记得是谁签的吗?

他瘫倒在沙发上,泪流满面。他的脸皱成一只干瘪的苹果,他无声缓慢地捶打起沙发的扶手。

就像她散文里写的那样?

什么鬼?

等等,她说,哪个家伙?你揍的是哪个?

第一个家伙。他说。他们一开始带进来的。

她把供认的事情告诉了他。是第二人招了。他本质上,呃，敲错了膝盖骨。

哦，这可真棒，他说，仿佛是他遭遇了不公。

德雷克下楼。

为什么爸爸在哭？他问。

他姑妈过世了，她说。

哪个姑妈？德雷克问。

你不认识的那个，她说。

爸爸有哪个姑妈我会不认识呢？他说。

基斯起身，往地下室去了。他下去做什么？下面除了洗衣机、烘干机和一台坏掉的跑步机什么都没有。他是要去洗衣服吗？可能吧。有时候他会洗洗衣服。在沮丧的时候。

很快她听到洗衣机和烘干机开始运转。

上帝啊。

这男的不对劲儿。

那我要不要给爸爸的姑父寄个卡片？德雷克问。

她看得出他知道她在撒谎。

他也不在了，她说，惨死在一场热气球事故里。

哦，那个姑父，德雷克说。

是呀，她说，你要不要上楼去？

爸爸是不是用球棍打了人？德雷克问。

嗯，她说。

那个把我推倒的老头？他问。

她考虑了一秒钟。

是的,她说。

他看上去心满意足,穿着袜子滑过地板,凭空做了个击打棒球的动作。

从塔吉特买回来的那张书桌上摊着她的散文。

满是自豪地摊在那里。

她坐下开始读它。这文章——上帝啊。这文章好烂。好粗糙。不知所云。今天。她很好——她是名好作家,所以,没错,这篇东西有些像水流,但是如果你真的拆解开,看到它真正在说什么——

哇,上帝啊。

她把稿纸撕成两半,把它们丢进了垃圾箱。把袋子从垃圾箱里拿出来,又把袋子扔去了房子旁边的垃圾箱里。

再也没有散文啦。

再也不写作啦。

她在这个世上还有更多的好事可以做,比如,烘焙。

她坐在门廊的秋千上。想象着挨了基斯打的老头,那个无辜的家伙,慢慢跑过街区,倒在了门廊阶梯上。

想想,她说,这不算个大事,是吧?你看上去安然无恙。毕竟,呃,打偏了。难道你就不会做一样的事情?换作是你的小孩?

不会,他说,我才不会用球棒去揍一个毫不相关的家伙，只因为这个人看上去像犯了事的。

嗯，是啊，她说，十分令人钦佩。但说起来容易，你又不在那样的——

这就叫品格，他说道。

不是我做的，她说，是基斯干的。

那家伙扬起眉毛。他似乎知道那篇愚蠢的散文。

文字很重要，他说。

哦，闭嘴吧，她说。

现在有大麻烦了。这个系统即将垮塌在他们身上。在好人身上。到现在为止，一直在做正确事情的人们。或者至少曾试图这样做的人们。

屋里，她的电话铃响了。

好极了。

同一个警察。

出了点小问题，他说，里奥·迪米尼刚刚来过。说他被袭击了。被一根棒球棍打了。他说打人的是你的丈夫。你知道是怎么回事吗？

被袭击了？她问，被一根球棍？

她假惺惺的口吻挂在嘴边，说话的两人都感觉到了。

我指望得到的是个"不"的回答，警察说。

基斯是个好人，她说。

他看上去是，警察说，但是要跟他说——你知道吧。别再玩棒球了。

不会再玩棒球了,她说。

我还能再提议几句吗?他问。

请说,她说。

也许我们就算了吧,他说,呃,那个推人的指控。说不定能简单点。那家人一直在内部讨论。想出来的就是,你不追究推人的事情,他们就不追究球棍打人的事情。在那头的棒球之神贝比·鲁斯就可以,你懂吧,安息了。大事化小,小事化了。你们也是。

在那一瞬间,她感觉到:上帝啊,她好爱自己的生活。一窝鸭子有时会大摇大摆地走过院子,仿佛它们才是这里主人。德雷克最近开始戴着自己的冬季帽子吃晚餐,手肘撑着桌子,就像个小小的卡车司机。上个礼拜,基斯把窗台上的动物微缩模型(长颈鹿、奶牛、鹳、企鹅、麋鹿)绕着玉米粒摆成了一个圈,在麋鹿的双角间贴了张报事贴:"崇拜些神秘物事。"

那我们要怎么做?她说,怎么才叫算了?

你只要跟我说算了就行,他说。

就现在?她问。

现在是管用的,他说。

她挂掉电话后,走下地下室。基斯坐在一张旧躺椅上。跑步机的踏板上堆了一大捧新洗完的衣服。

所以，就这么放过那浑蛋了，他说。

除非你再买支新球棒，找到他，用棒子揍他，她说。

这本会听上去很滑稽，但她能感觉到他还没准备好。

她去牵他的手。他接过来，捏了捏。

给我一分钟，他说。

好，她说。

某种程度上说，他们运气不错。德雷克的脸会愈合。会的。擦伤很轻。那家伙弄不好会从基斯手里夺过球棒，把他一顿胖揍。基斯弄不好朝他的头挥过去，把人敲死。现在，有这样一个让步，一切都能重归正常。

确实回归了。

一个星期过去了，又一个星期，一个月。

接着，就在圣诞节前夕，她发现自己停在了下城区的一个红绿灯处。

人行道那头，靠近纪念碑，是那个老头。是其中一个，她认不出是哪一个。

那两个瘪三长得简直一模一样。

接着，另一个从一间维修棚后面走出来，边走边吼，拽着一串圣诞彩灯，彩灯缠绕着一头塑料驯鹿，许是他从某人家的草坪上牵走的。

那是——哇哦。瘸得厉害，他一瘸一拐得厉害。

不知怎的，他一瘸一拐的。

两人走去了小树林，去度过一段美好的时光，互相搂着肩膀，两人组现在看上去一瘸一拐的，驯鹿一蹦一跳地追在身后。

她身后有人摁喇叭了。她踩下油门，飞速驶过了大桥。

她的脸唰地滚烫。因为羞愧。哦上帝，哦该死。

是她干的。是他们干的。打残了一个老头。一个无辜的老家伙。她已然把——没错，就是她把一个不幸之人本就相当破碎的生活变得更为艰难。

是她干的。

真真切切地。

上帝啊，终其一生她都尽力做个好人。站在水槽边，思考着豆腐的塑料包装盒是否是可回收垃圾。有一次，她以为自己轧到了一只小松鼠，还绕回去查看，想着要不要赶紧把它送去看兽医。没有看到松鼠。但这点证明不了任何事情。它或许痛苦地爬开了，死在了一片灌木丛下。她泊好车，在灌木丛下四处查看，直到一位从美发沙龙出来的女士上来问她还好吗。

穿过商场，她试图给经过的每一个人提供些许正向的情绪。给狗碗重新加水，因为上面都有漂浮物了。就好像他会在意似的，但是或许，在某种程度上，他在意。或许干净的水能让他的生活变得更好些？渐渐地？有时她会把德雷克小小的衬衫重新叠上两三次，想知道哪种叠法最方便他展开。这很重要。难道不是吗？要是一件衬衫能够漂漂亮亮地展开并穿上身，难道不是能给孩子额外带来一股自信吗？

你不得不深思熟虑地重新叠过多少件衬衫不得不从地上捡起过多少枚订书钉为了不让人们扎到脚不得不在商店里花多少个小时去决定哪一款水果潘趣的高果糖玉米糖浆含量最少不得不在邮局里让多少个带着宝宝焦头烂额的年轻妈妈插队不得不拒绝无礼地回应多少封同样无礼的拒信不得不拼凑出多少顿美妙的家庭餐而代价是一个绝佳的故事构思就要在你脑海偃旗息鼓只为了抵消一个走路跌跌撞撞的可怜老——

这个世界是残酷的。过于残酷了。一朝犯错，便要用你的余生来偿。她想到了玛丽·蒂利斯，她追尾了那辆小货车，两个孩子死了。想到了萨默斯先生，他对暖气动了些奇怪的手脚，毒气杀死了他年迈的父母。那个在童子军中包着眼睛的家伙，把一车木柴固定得松松垮垮，后来一大块木柴击穿了那位女士的挡风玻璃，她的车从桥上开进河里，她被困在车里淹死了。

那家伙的罪过是什么？那桩摧毁他生活的罪过。以至于到现在，在童子军里，他几乎总是醉醺醺的。在松木德比车赛时，一辆小木头赛车翻倒了，他冲出逃生门，也不管自己的孩子，莫里就站在那里，好像在说，那就是我爸，对不起，他之前杀死过一位女士。

一个死结。

九页愚蠢的稿子。

该死。

她恨透这种感觉。这种愧疚的感觉。她无法忍受。

林荫大道向西弯曲，引她从河边绕到了一个由破败的单排购物中心和三座并排的华丽大教堂组成的区域。

遭遇松鼠的那次，她回家了，向基斯忏悔。他们有一个相互忏悔的习惯。基斯总是宽恕她，然后把她的罪孽归结到大情境之下。他说，松鼠无时无刻不在死亡。我们每次开车都在不停杀死成千上万的生物（虫子）。但我们应该怎么做？不开车了吗？一旦基斯宽恕了她，她的愧疚感早晚会开始消退。甚至在她对教堂里的埃德·特姆利心动不已时，她也跟基斯坦白了。基斯说，埃德很辣，连我都能看出来，哪天我们眼里都没有性感的人时，我们就成了行尸走肉，不是吗？

她想象隔着厨房桌子坐在基斯对面。

哦，亲爱的，顺便说一句，她会说。结果呢？我们搞残了那个无辜的老头。他到死都没法恢复。就是这样。

基斯只会坐在那儿，目瞪口呆。

我们或许可以给他付医药费，他最后会说。或者给他安排，你懂的，一名骨科医生？之类的？

好吧，这打开了个无底洞。那不是个有保险的嬉皮士。他们要摸空口袋。为他做手术。德雷克到时候还要交大学学费。他们辛辛苦苦攒下的钱。而这些钱无论如何也不够。如果他们继续以目前的速度存钱，他们也许能供得起他上大一。如果学校不是很好的话。是有限制的。一个人可以做什么。她搞砸了，他们也搞砸了，但他们不是神，他们是人，有极限的、情绪化的人，有时会做出不明智的……

那家伙是个——你知不知道？

他没有得到他们的钱。

那样做太过了。那不合理。有点奇怪。

神经质。

过分投入。

她把车开到房子前。它看起来很清爽。很干净。他们所做的所有工作真的让它变得更漂亮了。

一群雁从低矮的云层中飞出，发出这种不似雁的怪声。第二群从左边加入，第三群从右边加入，组成更大的雁群松散地朝高中的方向飞去。

她想象着一束白光从她的额头射出，那是一道表达歉意的光束，带着我很抱歉这个想法，穿过小镇，越过河流，在树林中游荡，直到找到那两个人，并在他们上方短暂停顿，因为他俩看上去真是像得要命，最后进入那个无辜的家伙。瞬间，他认出了她。知晓了她的痛苦。知道德雷克的肺病，知道他与他的同学们有多么格格不入，知道他有时在衬衫口袋里装着一只毛绒小熊去上学，似乎以为那是漂亮的装扮，可怜的孩子，而重点在于，完全了解她，这一切对这个家伙来说都是有意义的。这就是：宽恕。这就是宽恕的意义。他就是她。作为她，他获得了这一切，看到了整件事是如何发生的。

当他成了她后又怎么能冲她生气呢？

一道绿色的宽恕之光自他额头射出，飞回小镇上空，带着这样一番想法：说实话，反正我从未对生活有过什么指望，何况，想想发生在我身上的所有糟心事，其中大部分是我自己造成的，轻微跛脚，相信我，是我最不用担心的事。另外，疼痛令我对每一刻都全神贯注。

光束进入车内，挂在杂物箱附近。

虽然，但我确实有一个请求，它说。

说吧，她友好地想。

宽恕我的堂兄，光束说，就像我宽恕你一样。

哦，老兄。门都没有。

就好像这事正在发生一样。

可能会有那么一天，尽管可能不会有。她做不到。就是做不到。她恨透了那个浑蛋。而且会一直恨他。

你宽恕了瑞奇，那道光束说道。

你们这俩家伙又不是瑞奇，她说。

瑞奇更糟,那道光束说。

嘘,她说,说得像你认识瑞奇一样。

说得像你认识我堂兄一样,光束说。

总之,这都是胡说八道。根本没有光束。她不过是在自己脑海里捏造。

你把你自己困住了,光束说。

是啊,呵,谁不是呢?她想道。

不知怎的,那群雁现在又从头顶飞过,往相反的方向飞去。

这才是真正的问题,不是吗?她想道。

没错,那道光束说。

她能看到基斯在厨房里晃悠。

我的好基斯。自那件事后,他就——他就不好过。到了晚上,有时她会听到他在食品间里哭泣。这个礼拜他在工作中又被无视了。人们就是——他们不尊重他。在办公室的圣诞派对上,每个人都一直议论他。好像他们总是取笑他,说是每个人都把不想干的工作塞给基斯,而基斯傻乎乎地全盘接受。他只是坐在那儿,手指拨弄着一片从桌面装饰上掉落下的圣诞花叶子。似乎没有人注意到自己正在伤他的心。

可爱的家伙。软弱的家伙。

她那可爱软弱的男人。

至于那个跛脚的事?

正和她一同死去，此时此地。

在这件事上，她必须成为食罪者那样的人。

她要做的就是走进去，什么也不说。关于一瘸一拐。要开朗，要快乐。烤些圣诞小饼干。照计划。一整个晚上，都要与每一个告诉他的冲动对抗。明天，再一次，在她又涌起冲动时，提醒自己她已经决定了，就在这辆车里，为了家里好，不去告诉他。一直。第三天，一样的。随着日子一天天过，想要告诉他的欲望就会渐渐消弭。很快就会有那么一天，她就这么过去了，都没有想过要去告诉他。

那接下来就这么着了。

她要做的只是开启这个过程。

后座上有只塑料袋。袋子里装了：一卷羊皮纸，一些彩色糖针，三枚新的饼干切模。她现在要做的就是把手伸过去，拿起袋子，打开车门，一只脚陷进灰泥浆里。

那是她能做到的。

那是她能真正做到的好事。

爱的来信

202_ 年 2 月 22 日

亲爱的罗比,

收到你的邮件了,孩子。抱歉我用手写信来回复。考虑到这个话题,我不确定发电子邮件是否是最佳做法,但是,当然啦(你现在有将近六英尺[1]高了,你母亲说),这取决于你,亲爱的,虽然,但你懂的:时候不对。

这里天气明媚。就在刚才有一群鹿飞奔而过,我和你外婆在甲板上,端着那对你在圣诞节馈赠给我们的亮蓝色马克杯,一边做着臀部旋转运动,一边看到鹿群朝着"海洋世界"飞奔而去。我还想着在那里的高尔夫球场用顿简餐。

原谅我接下来只能用首字母。我不希望给 G、M 或是

1　1 英尺约合 0.3 米。——本中文版注

J（他们都是好人，我们很高兴在你复活节顺道过来的时候，认识了他们）造成额外的难处。要是这封信被扣下来，让你以外的人读到就麻烦了。

我认为你对 G 的看法没错。木已成舟。最好就这么算了吧。照你的解释，M 并不缺适当的文书工作，但她一直都知道 G 缺，是吧？却对此无动于衷？当然，我不是说她应该要这么做。但是，把我们自己置于"他们"的脑子里（效忠派的脑子里）——我认为，这些天尝试这么做是谨慎的——我们或许要问：为什么 M（同样，根据他们的思维方式）不做她"本应该"做的事情，让当权者知道 G 的情况？既然身在这里是"一种特权，而不是一种权利"。我们到底是不是（我已经听厌了）"一个法治国家"？

更何况他们一刻不停地改变法律来适应他们自己的信仰！

相信我，我同你一样对这一切感到无比恶心。

但是这个世界，在我（古早的）经历中，有时会朝着某个特定的方向移动。且在移动之后，因为其庞大与难解，无法回复到之前的状态，更好的状态。因此，在目前的状况下，我想说，我们最好还是像他们那般思考，在我们还能掌控的情况下，尽可能去避免不愉快与危及将来的事发生。

当然啦，你写信来实际上是为了询问 J 的境况。没错，我依然和你提到的那名律师有联系。老实说，感觉他不会有太大帮助。在这点上。在他盛年之时，没错，他像王子般阔步迈进法院，但现在他已经不是昔日的那个人了。他反对，或许是太过积极地反对司法部对现任法官们的审查/驱逐，并承受了媒体诸多的辱骂，他的住所遭到损毁，还被短暂拘留。就在这几天，据我所知，他大部分时间就是在自家院子里闲逛，不把想法告诉任何人。

J现在在哪里？你知道吗？国家机构还是联邦机构？这可能关系重大。我估计"他们"（效忠派）会（现在他们身后有法院的权力撑腰）说，虽然J是个公民，但她拒绝提供G和M的相关信息，从而被剥夺了某些权利和特权。你可能记得我们的朋友R和K，他们在你五（六）岁生日时给你送了那只黄铜的林肯像储蓄罐？他们是效忠派，仍然有联系，那是他们遵循的一种逻辑。有个来自阿普托斯村的家伙在健身房里认识了位伙伴，他们会一起跑步什么的，而那家伙因为没怎么对这位新朋友的投票历史做出评论，突然发现没法登记自己的工作车辆了（他是花商，这么一来就有问题了）。R与K对此评论道：如果一个人拒绝回答一个来自他"祖国政府"的"简单问题"，那么他就是"不爱国"。

这就是我们自己的处境。

你想问你是否要这么袖手旁观，看着你朋友的生活被摧毁。

两个答案：一个是作为一名公民，另一个则是作为一位外公。(你想必是处境艰难才向我求助,那我就尽量与你坦诚。)

作为一个公民。当然,我可以理解为什么一个年轻(聪明漂亮的)人(始终很高兴能认识,我要说)会觉得自己有责任为他的朋友 J "做点什么"。

但是要做什么?

这是个问题。

当你到了一定年纪,你会发现我们拥有的就只有时间。我是说,那样的时刻,像是今早看着鹿群越过,看着你母亲出生,坐在餐桌边等着电话铃响宣布有个小宝宝(你)降生了。还有那天我们在罗布斯角徒步。有只海豹特别吵,你妹妹的围巾滑下来,掉到了一块浸透过海水的黑色大石头上,你在蒙特雷大方地又给她买了条新的,你的好意让她多么开心呀。这些事情是真实的。这就是人们得到的(全部)。所有这些其他的东西仅在它侵扰了那些时刻的时候是真实的。

现在,你或许要说(我都能听见你这么说,还看得见你发问时脸上的表情)J 遭遇的这桩事情就是一种侵扰。我尊重这一点。但是,作为你的外公,我恳求你不要低估这一时刻的力量 / 危险。或许我还没跟你提过:早在这件事之前,我给当地小报的编辑写了两封信,一封写得辞藻考究,另一封轻松诙谐。两封都没有激起水花。那些赞同我的人还是赞同我;不赞同我的依然没有被说服。在第三次尝试被拒后,有一天我被人拦下，就在家附近，我想不出有什么原因。那警察（是个好小伙，还是个孩子，真的）问我成天都在做什么。我有没有什么爱好？我说没有。他说：我们有人听说你喜欢打字。我坐在自己车里，望着他那条粗大苍白的胳膊。他的那张脸还是一个孩子的脸蛋。他那胳膊，却是一个男人的胳膊。

你又是怎么知道的？我问。

祝你有个愉快的夜晚，先生，他说，离电脑远一点。

老天爷啊，他在黑暗中的愚昧与膨胀，他腰带上的金属叮当作响，他看起来对自己的这份事业相当肯定，那是一份我即使到了现在，也无法用脑子想明白，或是从内心看清的事业，可以这么说。

我不希望你在任何地方接近这种人，或是受到这种人的影响，永远不要。

我觉得在这里有必要谈谈你邮件的最后一部分，（我想向你保证）它没有让我不悦或是"伤了我的心"。不会。等你到了我这个年龄，如果你足够幸运，能有一个像你一样（优秀）的外孙，你就会知道孙辈不管说什么都不会伤到你的心。实际上，你能在需要的时候想到给我写信，让我相当感动，你写得如此直接，甚至（我得承认）对我有些粗暴。

如今回过头来看，没错：我有遗憾。那是一个特定的关键时期。我现在是这么看待的。在那段时间里,你外婆和我,每天夜里坐在那张我想你相当熟悉的餐桌前,绞尽脑汁地拼拼图。我们计划着要重新装修厨房,当时我们花了大价钱在重建院子里的墙。我第一次感觉到牙齿要出毛病了,这个老毛病我知道你听我念叨过好多(或许是太多)次。每一晚,我们面对面坐着,一片片地拼凑着,隔壁屋的电视机吵嚷地传来一长串事情,它们此前从未发生过,我们也从来想不到会发生,但正在发生着。而电视中专家的唯一反应便只有一种揶揄讥讽的自鸣得意,他们认为,就像我们认为的那样,这些事情能够且很快就得到解决,一切都会重归正常——某个大人或是某些大人会降临,正如他们在过去总会到来那样,来拨乱反正。看起来(在你读完这封信后请销毁它)这样一个跳梁小丑破坏不了如此高尚、久经时间考验、看上去又如此强大而且确实在我们生活中的每一天伴随着我们的东西。换言之,我们将一份深刻的礼物视为理所当然。不知道这份礼物是一种侥幸、一种奇异的空想,是一次共识与相互理解的美好意外。

因为这种破坏来自一个拙劣的根源,他(在当时)看上去只是一个滑稽的暴徒,看上去对自己正在破坏的事物知之甚少,且由于生活还在继续,因为他／他们每日都在突破一些礼数的新底线,我们很快便发现我们再也没有一丝真正的愤怒可言。如果你能允许我打一个粗俗的比方(我跟你保证，屎尿屁整蛊秀的国王就会）：有个家伙进到一个晚宴，在客厅的地毯上拉了一泡屎。宾客们很激动，大喊大叫以示抗议。他又拉了一泡。客人们觉得，行吧，大喊大叫也没有用（而有些人则为他的胆量鼓掌）。他拉了第三泡，就拉在桌子上，仍旧没有人把他轰出去。这么看，已经没有什么可以阻止未来的屎堆了。

所以在这个关键时期，尽管你外婆和我经常说，你懂的，"应该安排一次游行"或"那些吃*的共和党参议员"，但我们很快就厌倦了听自己说这些话，为了不变成车轱辘话来回说的老人，我们不再说这些话，而是拼凑自己的规划，等等，静待选举。

我这里说的是第三次，不是（那个家伙的）第四次，第四次作为一场骗局，伤害（惊喜吧）没有那么大。

在选举后，我们拼起了新的拼图（我的是一幅茨基尔山的夏日风景），观察着那些早前的大赦（在它们被授予时，我们已经做好了预期准备），随后的一大波赦免（每一个都为下一个开路），伴随着大赦的庆祝性废话（同样，我们到了这个时候对此基本上已是见怪不怪），针对法官的动作，里诺和洛厄尔发生的事件，对专家的调查，甚至是对已经放宽的任期限制的废除，我们仍然没有真正相信这些事情正在发生。鸟还在飞，生活依然在继续。

我觉得我令你失望了。

我只想说，当历史来临时，它或许看上去不会像你预期的那般，像你在历史书中读到的那样。但这里的事情总是如此清晰。人们切切实实地知道自己早应该去做什么。

你外婆和我（还有许多人）本应该在那个关键时期当一个更为极端的人，才能做到我们本应该在做的事情。我们的生活没来得及让我们做好面对极端的准备，没有让我们像我现在看到的那样专注并活跃地动员起来，现在回想，我们那时就需要这样做。我们没有准备好去破釜沉舟地捍卫对我们来说犹如氧气的系统：一直被使用，却从未被注意到。我们被惯坏了，我认为这就是我试着要说的。另一边的人也一样：他们愿意拆毁这一切，因为他们已经彻底被我们所处的这片空洞的富足滋养，这种充裕的条件允许人们蓬勃发展，发表意见，像国王和女王似的招摇过市，而对自己的历史一无所知。

你会让我做什么？你会怎么做？我知道你会说什么：你会去战斗。但是你要怎么斗？你要如何抗争？你会给你的参议员打电话吗？（在那些日子里，你至少还可以在参议员的答录机上留下你脆弱的发言而不被报复，但你还不如唱歌、吹口哨或冲着它放屁来得好。）好吧，我们这样做了。我们打过电话，我们写过信。你是不是还要给某些人的竞选办公室提供钞票？我们也那么做过。你是不是还要去游行？出于一些原因，那时候突然就没有游行了。那组织一场游行呢？

此一时彼一时，我到现在还是不知道要如何组织一场游行。我那时候还有份全职工作在干。那会儿牙刚开始发毛病。这毛病占据了神经。你知道我们住哪里。你会让我开到沃森维尔，冲着那的官员滔滔不绝发表意见？他们都赞同我们。在那个时候。你会武装自己吗？我过去不会，以后也不会，我相信你也不会。我希望不会。那样一来，一切都完了。

在最后，请让我回到开头，并开门见山：我建议你并恳求你不要插手J的那件事。你卷进去并不会有所帮助（尤其是你也不知道他们把她带去了何处，联邦还是国家机构），可能，实际上，还会造成伤害。如果我在这里使用"空洞姿态"一词，我希望我没有冒犯。不仅仅J的处境会变得更糟，你母亲、你父亲、你妹妹、你的外公外婆，等等，很多人的处境或许都会更艰难。复杂之处就在于你在其中不可能独善其身。

我希望你平安。我希望有一天你也能成个糟老头子，给你的（宝贝）外孙写上一封（过分）长长的信。在这个世界，我们过于强调勇气，可我感受到，关于审慎与戒备讲得却不够。我知道这在你听起来是什么感觉。就这样吧。我活了这么久，有权利这么说。

我突然想到你和J或许并不只是朋友。

如果是这样的话，我知道（肯定）会令事态复杂化。

昨晚，我做了一个鲜活的梦，梦见了那些日子，梦见那个选举前的关键时期。我坐在你外婆的对面，她在拼她的拼图（小狗和小猫），我在拼我的（树上的小地精），突然，我们在一瞬间里看到了事情的真相，也就是说，我们意识到这是一个关键时刻。我们隔着桌子互相看着对方，带着这样的新鲜感，如果我可以这样说的话，带着对彼此和对我们国家的爱，这个我们生活了一辈子的国家，我们知晓的许多道路、山丘、湖泊、商场、小路、村庄，我们在其间自由穿梭。

这一切看起来多么珍贵可爱。

你外婆起身，带着我知道你懂的那种果断。

"让我们想想我们必须做什么。"她说。

接着我就醒了。就在床上，我在短短一瞬间里感受到，又是那个时期而不是现在这个时期。躺在床上，我发现自己在思索，那么久以来第一次想的不是"我本应该做些什么"，而是"我还能做些什么"。

我渐渐回过神。很悲伤。一个悲伤的时刻。我们再度身处于一个不可能采取行动的时间与地点。

我由衷期盼我们能够将这一切完好无损地传递给你。我真的希望如此。现在还不是时候。那份遗憾我会带去坟墓。现在，智慧就是我们尽可能做出明智的应对。我不是要你当只鸵鸟。J做了选择。她本可以抖出G和M，但是她没有。我表示敬佩。但是。没有人要求你去做什么。在我看来，你只要每天起床，尽可能地存在，在这个世上保持理智便足够了，这么一来，总有一天，当（要是）这些事情过去了，这个国家会找到它重归正常的路，在你以及同你一样的人的帮助下。

但是你要知道，我理解保持沉默、毫不作为有多困难，若这个 J 确实不仅仅是你的朋友。她很可爱，我记得她带着那份独特的优雅，活泼地穿过我们的院子，你的车钥匙在她那根长长的链子上晃荡，她的狗（叫威士忌?）在她身边一溜小跑。诚如你所说：我们不知道她在我们的这个新世界里遭遇了什么。没错，这定然会萦绕在一个人的心头，如果是亲密关系，尤其如此。且很有可能（怎么可能不会?）认为自己应该采取行动。

我觉得我在上面已经清楚表明了我的态度。我下面的这番话不是出于鼓励。我们已经预留了资金（不多，但有一些）。万一到了逼不得已的时候。我发现很难给你建议。我不希望让你失望。也不想把你带入歧途。随着年龄的增长，人变得小心翼翼。这是个诅咒。我们非常爱你。请让我们知道你打算做什么，因为我们发现这（你）是我们现在能想到的一切。

爱你的，很爱很爱你的，比你能想到的还要爱你的，
外公

工作一事

吉纳维芙·特纳走回休息室。

没错,她钥匙还在那里,在微波炉上面。

现在在那的还有(唉):布伦达。

吉纳准备好迎接一波冲击。

这就来了。

天啊,哇,布伦达说,他们凑那么近去看你的考勤卡真是有毛病,看看台面上所有这些做咖啡的玩意儿,人们反正可以随便拿,谁会知道?咖啡什么的便宜吗?她对此表示怀疑!为什么不让人在放入新咖啡的时候写下来?听说过成本控制吗?这里的人都不会堕落到那个地步的。沦落到要偷咖啡。他们薪水很高。非常高。有些人比其他人更好。哈!不过,冰箱上面的卷筒纸也一样,尽管如此:为什么不在上面挂个牌子写好,**请取用**?

布伦达个子不高,身材浑圆,长得可爱,她站在那里,穿着那件过短的女式衬衣,她总是把它们扯下来盖住自己圆鼓鼓的肚子:像个小精灵,宽容地来讲的话。

葛雷吉和贝茜两人不幸地,是的,现在再度同她一起住回了那间老旧的两居室,她说。虽然,但是能有两个成年的孩子离得那么近,该有多酷啊?虽然,但是偶尔做次饭怎么样,伙计们?哪怕一周来一顿烤芝士三明治也是好的。最近她坐公交车上班,因为她的车又进了那家该死的黑店,是啊,她一回家,就要给那两个讨债鬼炒点菜吃,他们倒是坐在沙发上看着她,一副(她摆出了一副讨债的表情:下巴拉得老长,挤出个斗鸡眼)——

吉纳望眼欲穿地回头瞥了一眼走廊。

布伦达还有更多的东西要分享。

嗯,在这世界上你爱的人才是最重要的。反正她就是那么想的。有的人理解不了。不过她多少能应付一些不太蠢的事!像是上个礼拜,她不得不熬到半夜,把800份该死的报告的订书钉给解开来。因为某个傻鸟不待见"图表6b"。他有没有想过或许应该要给这位留到很晚的女士(她),勤劳的小蜜蜂,默默无闻的大家伙定个披萨?呵呵。她盘腿坐在那张他们铺在复印室坚硬水泥地的薄地毯上,拆着报告,肚子饿得咕咕叫。然而某个傻鸟正在参加自己小孩的大提琴独奏会,结束后他们全家可能就找个好地方狠狠撮一顿,不像她,她只能到该死的中庭里的售货机前买上三袋薯片当晚饭。Bon appétit[1]，是这么说吧？

蒂姆·鲁普进来了。就是那个傻鸟。呀，蒂姆全听见了吗？

布伦达涨红了脸，奇怪地微微鞠了一躬，退开了。

"哇哦。"吉纳冲着蒂姆发出这么一声，言下之意在说，那个布伦达，你知道吧？真是个大喇叭。

她本指望会收获来自共事者的同情目光，但她却发现自己得到了一个带有评判意味的悲伤鬼脸。

"唉，"蒂姆说道，"她干了一堆棘手的活。"

什么？哦，真棒。现在蒂姆这么看她了，吉纳，一个喜好美酒和私房黄芥末的势利小人？在那个穷苦白种女性落魄时还踢了她一脚？一个浅薄的上等人，冲着住拖车的姑娘发难？

她该说些什么才能把局势扭转回来？

蒂姆，你要知道。我只说了一句"哇哦"是因为在你进来前布伦达正在用很难听的话讲你，我之所以没有反驳她是因为我试着心怀怜悯，尤其是她干了一堆棘手的活，就像你刚才说的那样。

太过了。

何况，布伦达可能会从自己的办公室里听到。

---

[1] 法语，意为"用餐愉快"，祝胃口好。——本中文版注

总之，蒂姆走了。只剩下她留在那儿。而蒂姆的咖啡杯在那只玻璃盘子上打转，正嘶嘶啦啦冒着火花，因为那个天才并不知道，不可以把有金属边的杯子放进微波炉的。

布伦达回到自己的办公室，疯狂地用一张舒洁纸巾擦拭她的键盘。啊，上帝，她想，我刚刚是不是中伤了我的孩子？管他们叫"讨债鬼"？不会，我才不会这么做。我不是那样的人。再说了，反正他们就是讨债鬼。哈。无所谓，他们能接受，又不是糖做的会化。也是，我或许不应该提偷咖啡那事。因为吉纳现在或许认为我真的偷过。

不过实际上，她一直在偷，她在两个月前回到这儿工作后就这么干了。之前她经历了那个空头支票的小问题，还有，呃，有的没的，那些个牢狱之灾什么的，但你知道吧？咖啡要十块钱一罐，卫生纸七块钱一提。这么做帮了大忙！或许对于有些人来说，十块钱不值一提，可对她来说却是笔大钱。要是他们能留下些牛排、蔬菜，还有汽油钱和房租，放在她能够拿到的地方就好了。哈哈哈。不：她才不是小偷。我是说，她是但又不是。好吧，她是。哈。事情是，在这里一直都有没完没了的偷窃行径发生。迈克·G.每天都在用办公室的线路给他在英国的未婚妻打电话。吉纳和柯达的艾德·迈克斯吃午饭要吃很久，且布伦达知道他们去哪里吃（橄榄园），还知道他们吃完后去了哪儿（万豪河滨），因为那些该死的预订都是她做的。吉纳会在四点左右晃悠回办公室，飘飘然地，带着性事后的余韵，把用锡箔纸裹成个天鹅形状的残羹冷炙丢给布伦达。吉纳是不是转身就把这几个小时算在柯达账上？带着一副坦荡荡的表情？没错，她当然了！这是不是偷窃？嘿，那可是时间大盗！

一个月九包咖啡大约要二十块钱。二十块不值一提。权利属于人民，没错。再说了，她还患有腕道症候群。她在键盘上敲下的每一个单词都离再也打不了字以及不得不回去给曼尼清洁公寓进一步。曼尼又很吓人。想想你在那些臭烘烘的第8区补助房里要打扫的玩意儿！一块足有两百颗血淋淋的鸡胗的厨房地面。一只装满了统统倒扣的纸杯蛋糕的壁橱。到底是谁把它们上下颠倒成这样的？为什么呀？曼尼是那种会给你发副手套的老板吗？不是，他是那种让你自己走去沃尔玛买上一副该死手套的老板。

偷取一袋咖啡的方法：先拿一包，把它压在屁股那里再晃悠回你自己的办公室。一进办公室就把它丢进你的小手袋里。那要是你出去在大厅里被人看见了怎么办？猛地低头看看那袋咖啡，说："要命，已经老糊涂成这样了？"接着回到休息室，把咖啡丢回柜子上，再说："哎呀呀，要不是头连着身子，我连它都能丢了。"再者，要是周围没有人，直接把你的手袋带去休息室里。搞定。进账。三块钱。

还是六块，九块，管它呢。

卷筒纸也一样，只不过难度更大，因为它更大。每只胳膊下面夹一卷，身子团成个球走在长长的大厅里，心脏怦怦狂跳，因为要是有人看见你，你不可能就这么说："要命，已经老糊涂成这样了？"因为你肯定是真的老糊涂了才会注意不到自己腋下各夹着一卷卫生纸，有时候你一边还能夹下两卷，总共四卷从腋下突出来。

昨晚公交上有个男的打量着她，像是在说：嗯，这些卷筒纸是怎么回事啊，女士？她走开了，脑海里想的是：喂，穷鬼，我不过就是赶车前顺道去了个便利店，去你的，白痴，对了，它们没有装在袋子里，是因为我跟便利店的小伙计说不用了谢谢，为了保护环境。哪像你，刚刚把讨人厌的口香糖包装纸丢在地上，懒虫。

不，她爱世人。人类真棒。哪怕是公交车上的那个蠢蛋。他之所以朝她投来那个古怪的表情，可能只是因为他那天过得不顺，瞧瞧这张难看的面孔？一点不意外。谁要嫁给他呀？也不是，哪怕丑八怪也能结婚。他们和其他的丑八怪结婚。一切都解决了。再者，她自己也没结婚。目前是。她曾结过一次婚。和诺伯特。胖成球的诺伯特。公交车上的那个丑男人很有可能根本没结过婚。太丑了。可怜的傻瓜。这副奇怪的神情在那个蠢蛋那张评头论足的脸上退去，他重新望向窗外，现在一副愁容，仿佛在回想自己上小学的时候，所有的生活还在前方，而他还没有意识到自己有多丑。也有可能他只是在后来几年里才变丑的，渐渐地，在上高中的时候。他在体育课前站在镜子前，想着：什么鬼？我的脸还能恢复正常吗？

但不是，不是这样的。

入夜，公交车的窗就变成了一面面镜子。她坐在那里望着那副愁容，那个家伙的丑脸倒映在刚从窗变成的镜子上。看到了他的倒影，她也会看到自己的，你猜怎么着？同样的愁容。

唉，老天，怎么就不开心了，我在愁什么？她想。没事，没事，我很快乐，很幸运，回家还有两个好孩子。出狱了还能回去工作。还有四卷我一分钱没花的卫生纸。在我的旧包包里还有一袋咖啡。

然后她便在公交车的车窗上看到了自己的脸：脾气真臭。

吉纳转动椅子，伸展自己的双腿。哇哦，她的两条腿，她不得不说，长得让人羡慕。她就像是某种漂亮的纯血马。如果她自己这么说的话。她确实这么说过。明白了吧？炫耀一下呗。

尽管如此，但她心神不宁。为什么呢？好好想想。

嗯，艾德刚又发短信来了。今天的第三回了。他们能不能在塞内卡公园碰头？只是聊聊？一日不见如隔三秋，他这么说道。整个上午他都在渴望她的气息，她的味道，他自己在她身体里的感觉。

这不对，但感觉又很对。

他们真的在深冬时节在边境棒球场的投手丘上做过吗？打钩。她真的在温蒂汉堡的汽车外卖口前给他用手来过一发吗？确定。都是为了好玩。而他也很有趣。有根马一样的大家伙，是个亲嘴高手。说说所有对的事。那这之后，认真的吗？永远忠贞。对罗伯。除非有其他超棒的人出现。她又是什么，死的吗？罗伯很棒，罗伯很体贴，罗伯很可爱。但是她拥有过罗伯了。她发现自己，在他俩六个月的婚姻里，她爱的（实际上是她为之而活的）是：让新的人渴望她。没有比这更要紧的了。控诉她好了，她想活下去。她和罗伯就开放的事达成过共识。罗伯不介意这个。她，没错，某种程度上比罗伯更频繁地行使开放关系。而罗伯，距今为止，还从来没有搞过一次。

但不是因为这个。

是和布伦达的事情。蒂姆可能现在就在自己的办公室里，对她的评价更低了。相信她也赞同布伦达那通针对他的絮絮叨叨的坏话。她为什么又要在意呢？行吧，她在意。她就是这样的人。富有责任心。具有团队精神。毕竟蒂姆是她们的老板。

她们的"老板"。

这样一个矮子还能当别人的"老板"真是难以置信。

喷,要是她不去处理这档事,它可能让她一天都不安生。

她要走进他的办公室,聊起布伦达,让蒂姆有个机会讲,是啊,你知道,我刚刚听到了一些奇怪的话,就在休息室。接着她就能坦白,坦白布伦达之前在说他的坏话。而她,吉纳,对她的那番话相当不以为然,只是为自身的礼貌所制,无助地站在那儿。

她大步迈进蒂姆的办公室,以一种士兵般的熟稔坐到了他那张晃悠悠的访客椅上。

"那个布伦达,哇哦,"她说,"我挺喜欢她。这个人太难捉摸了。有种难以摆脱的感觉,你懂吧?她一旦开始。就不停地说,嘴里冒出最粗鲁、最莫名其妙的话。我如果发现她在休息室里,就会主动跑开。真可悲呀。因为我知道她有点问题。但总归,哇哦。"

蒂姆把前载车从他的玩具卡车队里拉出来,并把它滚到一把显然是用橡皮筋绑在一起的铅笔边,她猜,代表某种载荷。他怎么回事,是只有六岁吗?前载车舀起那捆铅笔,把它从悬崖也就是桌子边撞了下去。

他弯腰捡起它,抬头看着她,好像说:然后呢?

这可能,她看到,是一个无心之失。显然,蒂姆甚至没有听到布伦达说他的坏话。而现在,她让情况变得更糟,因为她令蒂姆对她的印象更进一步。吉纳，一个势利眼，长途跋涉来到这里，只是为了强调她发现卑微的布伦达是多么可笑。

哦，见鬼去吧，她打算就这么说出来，把这事从脑海里释放，这样她就好回去工作了。

"听着，"她说，"我也恨这么干。但是布伦达刚刚在休息室吧？她管你叫'傻鸟'。说真的，我下巴都惊掉了。我目瞪口呆到反应不过来。但我不想让你觉得我赞同她的话。要是，你知道吧，你听到了的话。"

"傻鸟。"蒂姆说，看起来他不像是因为这个辱骂受到冒犯，他更像是被这个用词给逗乐了。

真是个奇怪的、没有重点的小矮子。

"行啦，这里是自由国度，"他说，"我猜，她准是因为缺乏安全感才说了这些话。她之前坐牢还有之类的事？不管怎么样，我觉得咱们没必要跑来跑去互相揭发，你懂吧？"

怎么？所以现在她成了嚼舌根的了？一个超爱打小报告的人正向完美的圣人布伦达泼脏水？她应该恭顺地走出这间办公室，表现出悔过，知道自己对圣人布伦达的全部了解，也就是她那种侮辱人的癖好，只是冰山该死的一角？

不要，对不起，她就是做不到。

接着她猛然想起自己到底为什么要来这儿。或是说，想到了一个办法，可以驳回蒂姆对她的随意打发，也就是消解蒂姆认为她跑来跟前就是为了告发某人叫他傻鸟这样的印象，而实际上，她来这里的真正目的是——

啊，对了。

这就来了。

"蒂姆，"她说，"这里一直有些事情。已经发生很久了。我不知道你是不是意识到。显然没有吧。"

这话引起了他的注意。

她掏出手机，放到了桌上，按下播放键。视频里，布伦达走进休息室，鬼鬼祟祟地环顾四周，把一个、两个、三个咖啡包塞进自己的小包里。接着，她在走廊里蹒跚而行，吹着口哨，两只胳膊下各夹着一卷卫生纸。另一个片段里，她抓了一大把马克笔，从储物柜边逃离，犹如无声电影中一个闯入雪茄店的醉汉。

"你为什么把这些都拍下来了？"蒂姆问。

这问题可真冒犯！要是对着个男人，他会这么问吗？拜托，这太好笑了。这个矮胖的中年女人在众目睽睽之下偷鸡摸狗？前一晚，她还和罗伯把这个新剪辑刷了有六遍，和拜伦一起，她那个虔诚的小继子，他们的独生子道德委员会。

"我不确定这事是不是光彩，妈。"拜伦说，"看上去有些刻薄。"

"啧，她在偷东西，小子。"罗伯兴致勃勃道。

罗伯对她很是着迷。她说什么,都站她这边。每一件事。

"这并不意味我们要拿她寻开心。"拜伦说。

"我们不必。"她说。

"我们只是想。"罗伯说。

拜伦只能溜走去做他的折纸。

奇怪的小鸭子。

蒂姆若有所思地望着窗外。仿佛在决定要做什么。虽然,如果她了解蒂姆,他不过在假装要做决定。那样的话,她就会离开,他就可以回去玩他的玩具了。

"蒂姆,她在偷东西,"她说,"她是个小偷。我只是觉得你应该知道。毕竟你是老板。我无意冒犯。"

当她把视频用邮件发给他时,他俩都僵坐在那里。

吉纳啊吉纳,她离开后蒂姆想道,为什么就不能有一次管好自己的事情呢?

吉纳身材高挑,袅娜纤细,略带几分风韵——要是你喜爱那种老嬉皮调调的话,爱卖弄,总是在办公室里忙来忙去,手上端着咖啡,问别人干得棒不棒,说自己兴奋极了,感觉到大家都在做一些对这个世界真正有意义的事情,有时候会高声叫着:"出大事了!"用一副埃塞尔·默尔曼的女歌星腔调,而其他一些时候你会看到她在前台旁边修剪白鹤芋。

"这园丁身价可太高了。"有一次他这么说道。

"别慌,**神经大人**,"她回嘴道,"我把账单寄给施乐。"

他不得不承认,他感觉受到了吉纳的威胁。就说一件事吧,她人比他高。有时她会一把揽住他的肩,一边深情地望着他,就好像她是个男人而他是个姑娘。这怪怪的。有趣。也有些让人不安。此外,他只到本科毕业,康乐设施设计专业。而吉纳有个生物学硕士,她爸妈都是天体物理学家。可他自己的老妈不过就是个收费亭服务员。老爸也是收费亭服务员,在蒂姆六岁的时候就离开了他去内华达的收费亭当服务员,而老妈继续在斯克内克塔迪郊外的那个老收费站里工作。

总之,噢:布伦达在偷东西。

布伦达,已经到了如履薄冰的境地,在偷东西。

布伦达慢慢吞吞,布伦达马虎稀松。上次,他给她派了个打字的活,她漏掉了整整三页的修改,他不得不指出来,费劲地跟她去说,因为布伦达一碰就炸,你懂的,不能说"怎么会有人把三页经过大量编辑的修改漏掉的,红字还在上面呢?"要说:"哈哈,我不是挑刺,这几页看上去要是能再过一遍或许会更好些,你方便的话?"布伦达就说:"啊老天,我怎么那么蠢?不好意思,亲,不好意思。"听到她这样,出于礼貌他得说:"没事,谁不出错呢。"接着给她举个自己最近犯错的例子:他在小木屋的梯子上时,被四只蜜蜂同时蜇了脸,从梯子上跌下来,把檐槽也带了下去,落在了新搭的兔舍上,所幸里面还没有小兔子。

布伦达管他叫"独角戏小伙儿"(用上了拙劣的爱尔兰口音),并建议他,在梯子上时,总要叫个人在旁边看着,说完她就走开了,在过了快三个钟头后他才拿回那份(非常简单的)更正,因为她跑回家去给她已经成年的儿子开门,因为他不知道把自己的那把钥匙丢哪里了,因为他有创伤后遗忘倾向(PTFT),不管那叫什么,即使是这样,还有一半的修正没有做掉,他在指出这一点时,让自己的声音隐隐冒出一丝烦躁,布伦达的眼睛里泛起泪水,她说她真的不知道她最近是怎么了,真的很感激他,蒂姆,总是对她很有耐心,因为这里很多人对她缺乏耐心,一点都没有,这让她感到很受伤,因为她最近遇上的难处,指的是她在格拉斯街的县监狱里蹲了三个月,因为开了一大堆空头支票,接着她用衬衣下摆抹了抹眼睛,她把脸弯到下摆处,这样肚子就不会露出来了,然后她的眼镜又从头顶上掉了下来,她想去捡起来,却把眼镜踢到了他桌子下面。然后她突然哭了起来,逃出了他的办公室,速度比你想象中她这样的女孩跑起来要快得多,所以他不得不四肢着地,把布伦达的眼镜拿起来还给她,结果发现她坐在黑黢黢的办公室里,她只是伸出手来拿眼镜,一副心烦意乱的样子,好像连说声谢谢都会让她再度哭泣。

这就是布伦达。

是个好人，遭遇过很多，行吧，但说回来。

这里是上班的地方。

现在她过来了。在休息的时候，从他窗前走过。穿着那件外套，奇怪的外套。是那种他认为在过去叫"开车大衣"的类型。毛茸茸的大家伙。就像牧羊人会穿在身上的那种。妈妈以前也有一件。或许那是爸爸的？后来她才开始穿上的？在爸爸离开后。那件大衣有些地方一直困扰着他。为什么这么漂亮的人愿意自己看起来这么傻呢？他记得妈妈穿着那件大衣出了门。走进一场暴风雪里。去买菜。把他一个人留在公寓里。这是第一次。因为爸爸已经把车开走了。开去了内华达。他们唯一的车。那个浑蛋。妈妈就是这样堕落的。她，这个他仰慕的人，<u>堕落了</u>。她本该坐在宝座上，去参加炫目的舞会，被人从头到脚地伺候着。但是没有。在暴风雪里她艰难地在街区里行走，看起来就像个垂头丧气的小个子勘探者。

在那段时期，她一直都是他学校活动上唯一的单亲妈妈。她很晚到场，坐在教室后排，露出窘迫的笑容。当有什么人走近，她会僵住，挣扎着思索，涨红了脸，试图用一连串吞吞吐吐的陈词滥调去回避，同时向他投去一连串惊恐的目光，想知道她自己是否让他难为情，他是她的星星，她小小的成就，她生命中剩下的唯一美好的事物。

有一天晚上，和她说话的那个人，一个男人，出于某种原因在室内戴着帽子——嗯，蒂姆现在明白了，那男人正在调戏她。她很漂亮，虽然很穷，且独身来到那里，这使她容易受到这种事情的摧折。她的意思不是"反动"，那人用这种欢快而高傲的声音说，她一定是在指"反应"。除非她的意思是说孩子们的体育老师是某种反改革者？这是她的意思吗？接着他和另外几个讨厌鬼站在那里大肆喧哗。

那个杂种自认为是在搞笑？在帮忙？对这位漂亮的女士？她发现自己正处于孤独的巨大困境中？她父母双亡，真的是无处可去。还有个孩子。就是他。蒂姆。屋内戴帽先生本可以做个好人。本可以善良。但是他让她走投无路，还想再落井下石。这人怎么会这样丧心病狂？

这个狗娘养的，管他是谁，现在可能也快八十了。要是他还活着的话。假使能追去他待的老人院（他可能正掉着书袋在折磨其他窘迫的住民），在晚餐时大步走到他面前，把他的饭菜抢走，让他为自己的"反动"行为道歉，那该多解气！

那时候所有的老人会起立，颤颤巍巍地鼓掌。

他那好老妈。已经死了九年了。他希望，无论她在何处，她知道自己有多么爱她。这样一个甜心。她所求的就是休息。身边能有个好人。事情能够如她所愿，哪怕只有一次。但没有。她始终遭受践踏，一次又一次。被那些想要这么做的人。如果你像那样践踏过一个人,你不过是在践踏她的名单上添了个名字。都没有人会指责你。如果你为她这样的人站出来,你恐怕会成为——嗯,你恐怕会成为他们中的一员。

但事情如今不同了。

现在他拥有力量。

看看我们现在要做些什么,他想道。

想到这里就已经让他高兴了。

他不会开掉布伦达。不会。他会把她叫过来,给她看视频,平和地跟她解释她不会有麻烦的。但是她必须停止偷窃行为。没错吧?那看上去够公平吧?他理解为什么她会这么做。他并非给她下评判。或许他们可以一起把这事解决?要是她缺现钱,他可以给她额外算时间。这会是他俩的小秘密。

都见鬼去吧。

有时候你要做个正派人。

十分钟后,布伦达跌跌撞撞地出了蒂姆的办公室,她气得要命,步履蹒跚地走到一边,咚地撞在墙上才站稳。

你个大高个臭婊子,她想。是你干的吧?打我的小报告?是我给你做掉了所有的脏活,你这个光长个胸平平的势利鬼?偷录我?吃屎去,小丫头。真没教养,见鬼去吧。

一个人要忍受多少狗屁！她的工作时间比在这里的所有人都要长赚的钱倒只有他们的十分之一没法在休息室里四处讨论新客户和经验教训也没有机会在团建时用乐高搭出个太空船等等等等却只能成天坐在她的地牢里像一台优质机器人似的不停敲键盘而其他人都坐在外面嘻嘻哈哈大声讨论着积极投诉评估接着他们早早下班去酒吧或者其他什么破地方第二天带着宿醉很晚才进来，干了十分钟活后就溜出去吃午饭外加干上一炮。

说到这。

哈！

她拉开一只放文件的抽屉。

他们把自己那堆愚蠢的打字活计丢在无名小卒（也就是她）的桌子上，一整天骑在她头上直到她把这些干完，然后对着一点点小毛病就大动肝火，然后出去吃午饭，而她都顾不上午饭，如果她有午饭吃那也不过是一只苹果和一片从家里带来装在塑料袋里的奶酪。她把午餐带到野餐桌上，在那座奇怪的人造小山顶上，俯瞰着杂物棚。尽管这样，她都没一个钟头消停，因为一些个装腔作势的混球会突然站在山脚下冲她吼，说她挡了路，把那里都堵住了，要下来，快点下来，布伦达，天啊！她飞速地走下那座陡坡，尽量不要像有一次她蹬了双小高跟时那样跌倒，至少能让自己好看些，那个人，查兹，唐纳德，柯克，还是谁，在她走到了那片陡峭又泥泞的山脚时,有没有伸出手来,摆出绅士做派,扶她一把?没有!他已经穿过停车场往回走了,就好像她是一头被牵回牛群的懒散母牛,他也没有转过头来寒暄几句,态度好点,也没有替她扶着门,任凭它扇上她的脸。

现在她有了这漂亮的一小堆。一小堆预订记录。来自万豪。另外一堆,是吉纳的考勤表。吉纳5月9日在万豪从上午11点待到了下午4点。举个例子。并向柯达开出了整整一天的账单。这儿还有呢,十二个要命的案例。

将死你,漂亮小妞。我真是受够你的糟践了。

蒂姆吃完饭回来在自己座位上看到一个用皮筋捆起来的文件夹。

里面是一叠万豪酒店的收据,上面钉着一张手写的便签:"他们去**这里做*!**"

老天爷。

他坐下来,开始一张张看。

等等,什么?吉纳偷偷溜出去?和艾德·迈克斯?用柯达的经费。嚯。为什么呀?艾德上年纪了。艾德是个矮子,很矮,甚至比他蒂姆还矮。罗伯也够惨的。吉纳的丈夫。是个好人。疯狂迷恋吉纳。每个礼拜一给她送玫瑰花,他俩结婚都十二年了。上个礼拜一,他花钱请了一个学歌剧的大学生来送玫瑰花。那孩子被前台凯莉领着一路唱歌来到吉纳的办公室前。凯莉止不住地向他们经过办公室里的人鞠躬，好像唱歌的人是她一样。

他把收据和考勤表拿出来。花了几分钟算了下柯达被违规收费的大约数目，居然大概有9 000美元（！）。接下来他拉了张总表，打印出来，用黄色把最终数目标出来，让吉纳过来。

起初，她还否认。接着开始落泪。他觉得不妙。看到她哭。他跟她说，他不在意她在私人时间干些什么，但是她不能在上班时间干这个。她明白吗？她赞同吗？

"谁给你这个的？"她问。

"我真的不知道，"他说，"它们就放在我的位子上。而且我不确定——"

"是布伦达吗？"她问，"是那个该死的布伦达吗？"

哦，那就对了。布伦达是唯一一个可以获取——

"贱人！"吉纳吼道。

"哦哦。"他说。

"我们走着瞧。"她说着站起身，把客椅带得飞转起来。

"我不是要开除你。"他说。

"别扯淡！"她回过头吼道。

不到一个小时，他接到了艾德·迈克斯打来的电话。

有个大活要来了，艾德说。超大的活，是传说中柯达的那种大项目，每个人都能分到好多钱，要持续好几年。他先前就已经讨论过一阵子了，和吉纳一道。他俩在各处举办了私密的外勤战略会议。这也就解释了——万一有什么质疑——吉纳计费的时间。向柯达收取的。他作为柯达的代表在此，或是说即刻批准这些费用。所有的费用。顺便一说，尽管有某些，性别歧视的传言，但并没有什么好笑的事发生。他们有时会，没错，真的，在万豪酒店开间房，但那是为了访问某些电子表格，你知道的，要联网，因为橄榄园的无线太垃圾。

蒂姆发觉自己被这个谎言的厚颜无耻程度给惊呆了，他甚至组织不出语言来表示自己会出于礼貌假装接受这番说辞。

"那是什么呢？"最后他结结巴巴问，"那个大项目是啥？"

"我不太方便讲，"艾德说，"现在还不能。很快就会宣布的。由我。或者别人。目前，这还是机密。还有件事，如果我能说的话，既然我来找了你？我听到了些恼人的传言。和偷东西有关。你这里有人偷东西？这事情让我很担心，显然，作为你的客户。你最大的客户，要是我没记错的话。如果这种事意味着，我想会的，让我们、让柯达的成本上去。我可以信任你会处理好这个问题吗，蒂姆？通过除掉偷东西的人,也就是那个小偷,不管她是谁?或者他?还是她?尽快?"

呵,嚯。

玩得漂亮,吉纳。现在他不得不开了布伦达。他必须这么做。艾德·迈克斯是个撒手锏。他不得不让布伦达走人。不得不放走布伦达,这样她能够接触其他潜在的雇主,来找到更符合她独特技能和兴趣的潜在发展机会。

他还有小孩。他还有按揭要还。

这是个现实的世界。

对于早前的那个自己,那个坐在这把椅子上,为自己愿意为布伦达出头而引以为傲的自己,他……

嗯,这很令人钦佩。他很钦佩这一点。他确实如此。但事情发生了变化,当它们发生变化时,一个好领导必须……

糟糕,该死。

他给丽兹打电话。想听听她怎么说。丽兹是他的磐石。一个彻头彻尾的现实主义者。她总是知道该怎么做,为了他的事业,为了他们的家庭。

他知道他需要她说什么,而且非常确定她会说。

他把一切都跟她说了。

"哦,"她说,"那位女士必须走人。"

"我想是的。"他说。

"不,是肯定是,"她说,"她是哪一个来着?"

"矮个的那个，"他说，"有点不声不响唯唯诺诺的那个？可能，呃，还有点胖乎乎的？那个在圣诞派对上说你真好看她几乎忍不住要看你的那个？"

"嗯，但还是得走。"丽兹说。

他试着缓和这一打击，说着认识她以来是多么愉快，之后他每天都会多么想念她，对于事情到这个地步他是多么遗憾。布伦达毫无反应。她坐在那里就像他童年记忆中那些工人阶层的女人一样，苦苦挣扎脸色通红，散发出一种野蛮可怕的空洞，他明白这是在说：去你的，你不可饶恕。

那不可饶恕什么呢？他想。发觉你是个小偷？在你本来就是的时候？开除你？因为偷东西？在你一出狱我们就好心雇你回来之后？

拜托。

"她也偷啊，"布伦达轻声说，"她和艾德约会还向柯达收费。"

一阵长久的沉默。

如果布伦达决定以某种方式将事态升级，无论他说什么也无法避免与埃德·迈克斯有更深的矛盾，而以他对她的了解，她会这么做的。

谁不会呢？站在她的位置？

他会的。

这简直就是一坨屎。

但现在他不得不等她出去。

这并不难。在一切虚张声势之下，她胆子小极了。现在她随时都会开始瞎嚷嚷。

在大厅的厨房里，有人把微波炉的门关上，骂了一句，把它拉开，又把它关上。

好吧，布伦达终于开口道，往好里看，至少她现在有更多时间陪自己的孩子们了。尽管他们的住处小得不得了。只有一个卫生间。有一次，是葛雷吉进去搞他的马拉松时吗？贝茜把她的迷你音箱放在卫生间门外的躺椅上，开始大放迪斯科。好笑的是，葛雷吉实际上喜欢迪斯科。这就给贝茜来了个适得其反的迎头痛击，她不得不硬着头皮去太阳石油的加油站。所幸他们认识那里的经理。

他发现自己正在把自己的车子排成一排，并对着最后一辆车——冰激凌车——施加稳定的压力，让它们在台灯前游行，每当队伍开始挤压时就放松。然后，他意识到这样不太尊重人，便停了下来。

最后布伦达起身，感谢他所做的一切，握了握他的手，离开了。

哦上帝，我被开除了，真丢人，她想道，逃到了大厅。

为什么她还要把家里卫生间的废话说给他听？

多好的结尾啊。

她祈祷自己在出门时不要撞上什么人。她觉得所有人都知道了。全都知道了。关于偷东西的事。借用东西的事。管它是什么。她从未试图去遮掩。太多了。她觉得他们都知道了，但是无人在意。他们都赞同。因为她人是那么好。而且某些程度上，你懂的，还那么穷。

但是不。他们没有。他们没有赞同。

不可能。恰恰相反。

现在她被开除了。

她恰好能够听到孩子们的声音。

布伦，你被开除了，天啊，你干了什么？贝茜会问。

你这次又怎么了，布伦？葛雷吉会问。

你们自己找份工作干吧，笨蛋，她尖刻地想。然后你们就有资格说话了。不要再叫我布伦。我是你们的妈。

后来她觉得难受了。他们柔嫩。是柔软的小面条。她总是让他们倾吐他们的废话。他们没有任何意思。就像葛雷吉管她粗壮的小手臂叫"霸王龙的手臂"。他不是这个意思。这是他说他爱她的方式。然后他就会发出怒吼，她会用沙发垫子打他，或者用塑料刀刺他，他就会扮一头霸王龙，死去。

不错，他们玩尽兴了。

她要想出下一步行动。曼尼，要是他愿意要她。呃，他让你买来穿的那些绿色罩衫。她的还在吗？不在了，在这个地方把她雇回去之后，她就大张旗鼓地把它放在烤架上烧掉了。

快要交房钱了。谢尔盖，他们的房东，是个狠角色。他有三个强硬的儿子。他们把戈登从楼梯平台上扔下来，摔断了他的腿，他们又跑下来，轮流踩着那条腿，大喊大叫，说戈登还欠他们钱。

另外，她还得向车厂支付修车费。

愚蠢的家伙，她想。

她刚刚真的是伤了我的心，她回头想。

呜呼，她想。

我还以为她是我的朋友，她回想道。

你的朋友刚刚教训了你一顿，她想。吉纳得1分，你0分。是吧？是吧？

我知道，住嘴，我尽力了，她回想。

你有吗？她想，你真的有吗？

啊，让吉纳见鬼去。还有她骑的那匹马。她会报仇雪恨的。总有一天。她会的。总有一天，吉纳和那群花花公子要吃屎。当他们打字的时候，她会站在他们身旁大喊大叫。她会让他们在猪圈里和猪一起吃午饭。求求你，布伦达，放我们出去吧，他们会用上精英腔调说道。对不起，不行，她会说，我要去做 spa 了，今天是我的水疗日。他们就会说：有道理，在革命之前的旧时代，我们也喜欢水疗。

可是你偷东西了，是吧，你偷了？她脑海里的那个刻薄的女孩说。停下。停止找借口。给我停下然后承认你偷东西了。

不是刻薄女孩，是老爹。

老爹，我偷东西了现在被开了，她说。

我知道，老爹说。

老爹想安慰她可想到女儿被开除的缘由却觉得尴尬。

然后他做了。安慰她。他笨拙地拍拍她的头，有点像是安慰，又像是知道她蠢得在自己上班的地方偷东西而用上粗大的指节叩她的脑袋。

让他们见鬼去，布伦，老爹说，你比他们所有人加起来都宝贵。

今天这个时候的公交车每三个钟头一班。她在太阳下那张裂开的长椅上没完没了地坐着。她还有零钱买个可乐吗？没有了，她所有的卡都爆了。

呃，是凯莉，人在前台，目光向下。凯莉知道了。她肯定知道。他们都知道了。或者说早晚都会知道。

可怜的布伦达，他们会在休息室里说。

她好奇怪，凯莉会说。

饶了我吧，你这个漂亮面孔脑袋空空的稻草人，布伦达想，老娘的资历比你老得多。

啊，拜托，凯莉人不错。人够好。实际上就是个小宝宝。

"别了，孩子。"布伦达说。

"祝你一切好运。"凯莉说。

"我需要这个。"布伦达说。

嗯，是啊，你需要，布伦达出门后凯莉想道。哇，这位像奶奶一样的老太太不仅被解雇了，现在她还得坐公交车回家？太苦了。总之，你怎么回去？坐公交车？她无法想象。也不打算去了解！自从她拿到驾照就有了台普锐斯开。（谢谢，爸爸，谢谢，布里奇特！）

为什么有的老人会那么蠢？搞到自己被开除？人是挺好的？谁能在这么大年纪还不知道如何做事？事情就是这样的。甚至在山顶洞人时代，也有聪明的山顶洞人和愚钝善良的老山顶洞人，他们悲伤地注视着聪明的山顶洞人，而聪明的山顶洞人正嚼着大肉腿，回望愚蠢的山顶洞人：哭死你吧。

布伦达艰难地越过他们停车场边缘的小护堤，开始向"最后一个工作日"走去，然后停了下来，用那件厚实大衣的一只袖子抹抹眼睛。什么？哭了？站在那里哭？在"最后一个工作日"的面前？

哦，亲爱的。

有那么一瞬间，她生出了对布伦达的保护欲，毕竟她是他们中的一员。

或者说曾经是。

直到刚才。

第二天早上,吉纳做的第一件事就是把头探进了蒂姆的办公室。

"很遗憾发生了那样的事,"她说,"我能坐下吗?"

"当然。"他警惕地说道。

她说,她已经和艾德分手了。从来就没有什么即将要来的大项目,那只是他俩捏造出来的玩意儿。她提分手时,他有点疯了,向她求婚,她拒绝他后,他打电话给罗伯,并告诉了罗伯所有事情,而罗伯,尽管他们之间有开放关系,还是很生气,昨晚有一次,他真的蹿到楼顶上大吼大叫。后来艾德,发疯的艾德凌晨 2 点打电话来说他剃了头正考虑从柯达辞职搬到阿拉斯加。她想一起来吗?他已经给她买好了几副顶级的手套。

总之,他们现在都太平了,他们都没事了,他们正在努力解决。

接着她感谢蒂姆"把她逮个正着"并将她提升到一个"更诚实的状态",这让一些好事发生,甚至在家里,尤其是在家里,甚至是你知道的和罗伯的那档子事,奇怪的是,变得前所未有得好,甚至更持久,更为真挚,如果她可以这么说，基于，无论如何，在（很晚很晚）昨晚，在他从楼顶下来后，那个：哇哦。

女士，你是谁啊？他想道，你怎么会觉得告诉我这一切你就舒坦了呢？为什么你就不知羞耻呢？你那疯狂的自信是哪里来的？

她知道自己在之前一直都是他的心腹大患，她说，她真的做了反省，可以见得这其中有很多是因为在男性主导的工作世界中作为一个女人的不安全感，还有一些来自她童年的事情，和她妈妈，她总是不给她使用高级的望远镜，但无论如何，她想让蒂姆知道，她已经下决心在未来试着成为对他更有帮助的人，是真的。她给他带来了这辆卡车。这辆垃圾小卡车，来象征，嗯，她把自己干的那些事收拾干净。

她把垃圾小卡车放在桌子上，让他看看它有多酷。看到了吗？后面的小垃圾袋道具直接弹了出去。

然后她把卡车滚到他面前，他接住了。

麻雀

她生得矮小又纤弱,两颗乌溜溜的眼珠分别镶在一只如鸟喙般的鼻子的两侧。她移动起来很快,低着头,我们有时候调笑说,就像在觅种子吃。她似乎有一套从一个地方蹿去另一地方的方法。她还有一种方法来说出最显而易见的事。有次一辆卡车在她上班的小店门前跑偏了路,她说:"太糟了。但愿人都没事。"下雨的时候,不管是毛毛雨还是倾盆大雨,她都会说:"这雨跟倒下来似的。"要是有人说她正吃的那个三明治看上去不错,她会说:"这个三明治不错。"要是有人说她正吃的那个三明治看上去不好,她会说:"是呀,不怎么样。"

要是你跟她同乘一部车,有人提起把窗摇下来点,她会说:"来点新鲜空气。"或者你们经过一个骑马的人,她会说:"一匹马。"要是有人想再稍微激一激她问:"你喜欢马?"她或许会答:"对啊,它们很漂亮。"要是有人想进一步激一激她，又问以后想不想养一匹，因为根本没有这个可能（她在小店里挣得不多，只能租下半间复式公寓），她便会默不作声，眨眨眼，再眨眨眼，就好像在她的笼子外面有什么东西把她吓得噤了声。

自然，有一天她坠入了爱河。和一个与她在小店里共事的男人。我能看见她现在穿着那条他们给她的棕色围裙。我很难想象他向她释放过任何浪漫的暧昧信号，但是在那里他俩每天都待一起，他为她做的那些小小善举是人们在相互合作时都会为彼此做的事，到后来，她认定他是她的真命天子。她开始念叨他的名字。"兰迪也是那么想的。"她说，或是，"那天我也跟兰迪说了一样的话。"我们来想象兰迪以我们一样的态度去看待她；也就是说，在他早先和她一同工作的日子里，他一直期待能发掘到她的特别或有趣之处，却发现她并没有像人们说的有许多值得称道的地方。

她似乎总是照本宣科地当一个顶顶平凡的人。"这些苹果新鲜吗？"有人会问，她就会答："我觉得它们很新鲜。""刚刚是地震了吗？"有人问，她会说："要是地震了，广播里会播的。"

后来起了变化。因为她恋爱了，或者说她自作多情地觉得自己和兰迪好上了。因为，我估摸着，她能感觉到，他不仅没有对她报以同等的感觉，甚至对她根本没有什么感觉（他为什么会这样，因为如上所述，她被大多数人视为一小团令人费解的空白），她开始，或许，有些恐慌，也许她生命中第一次感觉到，她天然的为人处世方式不够有趣，无法引起（更不用说取悦或吸引）某人的注意，甚至兰迪，我要说，他自己也没啥创造力，但至少还有一辆自己喜爱的大卡车，每个礼拜五轮班结束后还会高兴地去洗洗。有时候至少会开个荤段子或者拿起一只奇怪的坏橙子用捏造出来的滑稽声音假装它在说话。再比如，他是他母亲热情的拥护者和捍卫者，这个刻薄的老太住在离小店不远的房子里，是一道充满自我肯定、不断发表意见的霹雳雷霆，一副厚重的男士黑框眼镜在一张晒黑激动的脸上动个不停。

但是兰迪，如他们所说，认为他的母亲是世上顶顶好的人，他这么想是因为她也认为他是最好的。这成了某种互相欣赏的团体。他和她处得好。她和他也处得好。这便是，我觉得，我们都这么觉得，他从来没结婚的部分原因，可能吧。

这是一座小镇，我们总是喋喋不休地谈论着这些事。

那个女人，我们私下管她叫**麻雀**，而好笑的是，她的真名是意味着荣光万丈的"格洛瑞亚"。她注意到兰迪这一点，也就是他和他母亲的相处方式，让她对这男人的好感又增了一分。她会说他是个好男人；从一个男人如何对待他母亲上能看出他的许多品质；母亲是上帝赐予我们所有人的特别礼物。诸如此类的话。就是那套你能想到她会说的东西。如果她没有尝试重新思考这个问题，她会说的只有别人可能会第一时间说出的东西。

她意识到兰迪对自己没意思，便开始尝试新东西，比如拥有自己的观点。但她似乎只是为了拥有观点而生造它们。"哦，我知道那个！"她说道，"我们应该把乳脂软糖放到上面去，和橄榄放一起。"或者："某某真是个好演员。我感觉我都对他有点心动了。"往往不管那个月里登上某些杂志封面的男演员是谁，她都这么说。要是你继续追问她，就会发现这人的电影她一部都没看过。

你从来不会说她有女人味。但现在她打定主意觉得要俘获兰迪的心便是要变得更女孩子气些。她不知从哪里搞来了个卷发棒和一点香水。想象一下她跑了趟维特里的商场。或是去了四叶草商店。她不开车。所以可能坐公交车去。小店里很快就能闻到她的新香水。她开始看女性杂志，并接纳其中一篇文章的建议，开始多笑。不管兰迪说什么她都笑，不仅限于他有意要搞笑的事。在这种时候他会惊愕地望着她。

秋天来临。是兰迪的母亲开的这家小店，她会顶着那副粗重的眼镜进店对一切评头论足。到底是哪个家伙把乳脂软糖放那么高的？她厉声问。这股糟糕的味道是怎么回事？"我抹了香水。"格洛瑞亚会说。"行啊，为什么？"他母亲不耐烦道，"你要去约会啊？"这句话是点睛之笔：她想到格洛瑞亚要去和某个倒霉蛋约会。她会醉醺醺地发出低沉的笑声，好像这个想法难以置信。但她并不只有刻薄。她也有诚实与关怀的一面。"别抱太大希望，丫头，在男人眼里，"她站在堆着纸箱散发出卷心菜气味的储藏室一角这么和格洛瑞亚说，"你没有什么好看的，但……"她还想加上一些诸如"你有一颗善良的心"或"你工作勤奋"之类的话，但由于她为自己犀利的诚实而感到自豪，当这些想法出现时，她觉得她必不能说出口，因为这个格洛瑞亚从未显示出丁点迹象表明她拥有一颗特别善良的心，至于工作勤奋嘛，嗯，也没有。她是每天都出现，当然，但在母亲的记忆中，她从来不曾对小店里的工作泛起一丝兴趣或是对哪些事有过一个新鲜有益的想法。对于一个在你这儿工作了快两年的人来说这可真奇怪，你想不起来有哪次她提出过一个能改善或是提升小店的建议。至少那个她之前开除的姑娘，艾琳，人家想出来在收银台放个玻璃罐，让人们把多余的零钱丢里面，把那些钱捐去当地的儿童医院。可到头来，艾琳自作聪明地让一半零钱都进了自己口袋。这也是为什么要让她走人。所以，她也没那么聪明。尽管也算够聪明的。因为她花了将近一年时间才逮到她。但至少，艾琳表现出一些魄力，一些想要改善自己状况的欲望，可以这么说。她并不是一个死气沉沉的东西，任由事情发生在自己身上。

因为这位主意很大，有时带点关心的老太太是一位敏锐的观察者，她注意到格洛瑞亚看上了她儿子的事实。还把这事告诉了他。他只是笑笑。接着开始思考。不是想格洛瑞亚，实际上，是在想她喜欢上他这件事。他想到这个就欢喜：两年前她平平淡淡地来这儿工作，接着注意到一个也在这里上班的男人，就是他，兰迪，渐渐喜欢上他，超过了镇上，甚至世界上所有的男人，显然，最最喜欢他，以一种他尚不知晓但是他愿意去了解更多的特别方式。他有什么地方让她那样喜欢他呢？真有趣。他还喜欢他们似乎在所有事情上都看法一致。其他女人可不会这样。其他女人常常和他持不同意见。如果他说快下雨了，她们会说："我不信"或是"看上去不像"或是"天气预报没报"。但是她，格洛瑞亚会说，例如，"我打赌你说得对"。这便确定了他俩意气相投。当真的开始下雨时，她会说："这雨跟倒下来似的。"在他看来，这就是直截了当地肯定他是多么正确。她接着（他发现她毫不吝啬地）就会微笑，仿佛能够肯定他是多么正确，令她很开心。这让他欢喜。他喜欢她能注意到并欣赏他想要把许多事情搞定。这样来看，她看上去很自信。当证明他是正确的时候，她并没像大部分女人一样感到不安。如果一个人是正确的，那他就是正确的，她看上去丝毫不受影响。

那么想象你是这样一个女人，这一辈子，人们都回避你躲着你，但凡你说了什么话，话语只是轻飘飘地落在那里，毫无波澜或只是泛起轻微的涟漪。每次你都能感受到这一点。在你一生中，你背后已经积累起了一系列微小但疼痛的打击，聚集起来让你相信你有问题。现在你发现你身边有个男人似乎喜欢上你了，甚至开始在休息室的桌子上留下一些小礼物（一块薄荷巧克力，一块夹心小蛋糕）。再想象一下，这个男人的母亲反对你俩在一起，反对着这件事，这件事现在每天早上都驱使着你，格洛瑞亚，从床上爬起来。而她，男人的母亲发现这一切都不可思议，荒唐可笑而且失望透顶，甚至有一天和她儿子说，他中意你的事情令她对他的评价变差了。再想象这个男人把这话讲给你听。但是，他完全没有气馁，实际上，这件事让他头一回感受到，他成了一个他母亲之外的女人的保护者。他说，脸红红的，这令他在你面前感受到柔情，还有其他什么说不清的感觉。

想象一下如果你是那个女人，接下来这个月会怎么样。

再想象自己是那个男人，头一次感受到自己在保护一个他母亲之外的女人，这个女人和她那年迈、黝黑、佝偻却灵活的母亲相比，更充满生命力。头一次，母亲那股没完没了的自命不凡似乎让他感到厌烦。那副曾经属于他父亲的厚重眼镜也是。出于某种原因她给那副眼镜在去年，也就是父亲过世了十一年之后，换上了新的镜片。那个女人，那富有活力的年轻女人，你现在愉快地发现她常常与你的步调一致，或许突然间在你的眼中变得更好看了，哪怕似乎没有别人在意。但是你在意，她变得更漂亮了一点，在一张纸条上你这么说。你开始在休息室桌上留下纸条，和那些小零食放一起。纸条最近越写越长，有时近乎激情的迸发，上面的语法有时欠缺些许，因为你绞尽脑汁想要表达新的感受，有时甚至还会带上一小张画，比如一个头顶敞开有星星涌出来的卡通男。

有一天，一个吻诞生了。在储藏室里。接过吻后，你说："还不错。"她回答道："很不错。"从这话里你能确定，一直以来你都觉得，自己是一个接吻高手，而现在终于有人也注意到了，真是谢谢你了。

然后你们两个人就开始了，不管我们这些住在这个镇上、在那家小店买东西的人怎么想，或者我们在停车场怎么偷偷地笑你们，现在我们自己也说一些没有想象力的事情，比如"嗯，他们这样挺好，真的，为什么不在一起呢？"或是"我最不想做的就是在他俩独处时，像墙上的苍蝇一样停在边上"。或是"关于人的事情，那可说不清"。任凭那个架着男式眼镜的母亲到了晚上在屋里冲着儿子龇牙咧嘴，就在那栋她和她儿子同住但实际上归她所有的房子里。犹如被某种超出所有人的力量所驱使，他们会在七月，在隔了个街区的教堂里举办婚礼。这座教堂先前是一个私人住宅，现任牧师在顶上加盖了一个类似钟楼的东西，但里面一口钟都没有。

我们所有人都要去婚礼，我们怎么能不去呢？况且这对新人看上去是那样天真、快乐并且一无所知，站在一座钟楼里没有一口钟的教堂的祭坛上,我们就想:"哦,这段不会有好结果的。"

或许确实不会。现在看来或许还是不会有好结果。人生漫长,正如他们所说,很长。但也没有结局惨淡。那还根本没有完结。我们在那家小店里时,常常会听到他在称赞她,不管她人在不在跟前,她也一样:她也总是在称赞他,不管他人在不在跟前。现在见着她,人们不会觉得她"看上去像只鸟",而是"光彩照人的小女士"。而他呢,他在店里走来走去,带着夸张的助人热情,哪怕在一点点小事上帮助到客人似乎也能让他获得无比的快乐。有时甚至给客人帮的忙太多、太久。现在来看,跟他以前的感受比,被别人看到他在自己母亲的小店里工作,他已经完全不觉得羞耻了。随着时间推移,母亲已经变得可以说是顺从,甚至打心里喜爱,这对结成的夫妇。且无论他们人是否在跟前,但尤其他们不在跟前时,她都会称赞他们,说他们是全心全意的,对彼此定是全心全意的,这是她最常说的。

食尸鬼

莱拉在中午推来了**午饭桶**。有那么一刻我可以不那么吓人,倚靠在我们那堵被有意塑造成人类内脏模样的塑形墙上。

"为什么不给年纪大的先上菜?"雷纳德,**蹲踞食尸鬼2号**嚷嚷道,他是最年长的。

上个礼拜雷纳德的膝盖废了。我们,他的**蹲踞食尸鬼**同伴们,自此就允许他坐在我们的**塑形悔恨恶魔**上。它会间歇性地发出**悔恨呻吟**,正如此时。

"悲哀吧,肮脏的野兽。"我照着**发言稿**念道。

"真是脏!"阿蒂,**斗争食尸鬼4号**说道。他是个好人,总会吐出这样的嘲弄:"布莱恩,你蹲着时眼珠子时不时来回乱转的样子,真是有一套!"对此我会这样答话:"谢啦阿蒂,你们**斗争食尸鬼**也很猛,我真佩服你们能每天给你们的**斗争**想出个新主题来!"

我的纸碗里有：**午饭**。一碗浓汤，扑通一声，丢进去的是一块奇巧饼干，湿漉漉地闪着光。

总有一天，我或许也会变老，膝盖报废。某些还没出生的（或是现在只有小恶魔一般大，穿着鲜红色纸尿裤乱跑的）**蹲踞食尸鬼**会允许上了年纪的我，和雷纳德一样的老废物，坐上或许还是同一只**塑形悔恨恶魔**，就在惨淡的将来！

反正今天一切都好：**休息周**要到了。

第二天早上，我们之中符合**休息**条件的人兴高采烈地乘坐**电车**来到**洞室**：这个空旷幽深的空间与我们的劳动所**地狱喉囊**一模一样，也和我们**界域**里其他 11 座丰饶的下界劳动所一样。但是没有为每个劳动所营造出独有的沉浸式体验的额外**装饰**。也没有**偏僻的小路**，没有满载着欢欣**访客**的轨道小车从我们身边穿梭而过。**洞室**，实际上，就是一大片用来休闲放松的空间！里头**有保龄球**，要是你想玩的话；假草坪，上面开着逼真的花朵；自由奔腾的小溪，我们还能坐在旁边，被安在轮子上的假鱼从小溪里跃出，每个轮子上有四条鱼，微笑着，仿佛在说："我们最爱腾跃！"

此外，我们每个人还有一个用来存放东西的壁龛。

在**洞室**，我们可以和来自姐妹劳动所的人玩在一起，比如来自我们之下的**大海母亲**或是**西部狂野之日**。我们会在那里交配吗？当然。很多人都会。要是你想围观某次交配同时表现得有礼貌呢？猛地出现，仿佛你把什么东西落在你的壁龛里了。有时（**洞室**里的空间紧张）你可能会踩到或者跃过正在交欢的一对。要礼貌：在你踩到或者跨越时，什么都不说。要是你认识里面的一个，或者两个都认识，一言不发可能不礼貌，行吧，说些鼓励的话，像是"干，干，干！"或是"瞧着不错啊，詹姆斯和梅丽莎，一切顺利！"

今天，我从两个人身上跃过了，我发现，嘿，那不是汤姆·弗雷姆先生吗？他一般是**因恶念而被斩首的修道士**显灵"**之前**"的样子，在**地狱喉囊**名为"**复仇的母亲**"的那部分。弗雷姆先生，脱掉了他的 17 世纪僧侣袍服，正在和格温·托森交配，她和我们一起轮流扮演身着兜帽长袍的**死神**的其中一员，我这时候甚至还不知道弗雷姆先生认识她！

"嗨，汤姆，嗨，格温！"我喊道，不想失了礼数。

听到我的叫喊，两人都飞快地抬头看了我一眼，满脸爱意。

这就是**休息周**的另一个好事：你总能在新的环境下看见一些人！

像是上一个**休息周**，我看到**飞矛手**三号罗尔夫·斯宾格勒静静地喝着茶，在本子上写东西。他没有背翅膀，脸没有涂成红色，没有钢丝把他高高地吊起来，也没有穿偶蹄的靴子。实际上，他的神色看起来是如此温柔，让我觉得有必要问问他在写什么。

"给我儿子写信呢。"他说。

"我都不知道你还有个儿子,罗尔夫!"我说。

"嗯。"他说。

"也是,要是你是在给儿子写信的话!"我说,"我每次见到你都什么样啊?你的脸涂成红色,背着大翅膀,蹬着偶蹄,往下掷长矛。"

"也是,我每次见到你都是一只小小的**蹲踞食尸鬼**,在我下面很远的地方。"罗尔夫说道,"我总是试着让我的长矛能刚好避过你。我儿子是埃德加,在**芝加哥黑帮窝点**。"

就这样,我俩成了朋友!

现在,每当被钢丝吊起的罗尔夫在我们片区上空盘旋,他都会用他那只没有持长矛的手向我挥手,这时我就会从蹲姿站起来,张开双臂,展开我的胸膛,好像在说:"长矛就向我投来吧,**飞矛手**!既然我已成了个**蹲踞食尸鬼**,我下辈子还会有多糟呢?"这时,罗尔夫会作势向我扔出长矛,仿佛在说:"哈哈,下次**休息周**再聊吧,朋友!"

我的意思是:友谊可能要靠时间与信任来培养!

(请注意:每当罗尔夫和我进行我们的有趣仪式,都没有**访客**在场。仿佛!就仿佛罗尔夫和我会冒险用这种方式为我们的**访客**提供欠佳的体验。不,我们只会在附近没有**访客**时才会进行这种温暖的友谊交流。这种场景少之又少。我们往往忙得不可开交！)

在跃过格温和弗雷姆先生后没多久，弗雷姆先生在**午餐**时坐在我对面，**用餐**时，他向我解释了为什么他一个有妇之夫刚刚在和格温交配。

弗雷姆先生的妻子，安·弗雷姆，曾经是**断头台5号拉车队**的一员。那些断头台沉得很，需要被人拉着驶在某种崎岖的仿造地面上，尽管这种地面是用聚乙烯做的，但必须要做得够崎岖不平才显得逼真。安的背出了毛病，她被转调去了**维多利亚周末**，这是一个大调整，她不再是一副骇人模样，她要采用一套装腔作势卑躬屈膝的思维。现在她是**考克尼厨娘**：多棒的秀场！她所要做的就是每半个小时，闯入这间庄重的餐厅，打断在那里用餐的**贵族**（**访客**），再冲出去，撞倒一架茶点车，再用能反映出她卑微出身的考克尼口音来道歉。但哎呀：显然，她的新角色让她的婚姻关系变得紧张，因为弗雷姆太太一刻不停地练习她的考克尼口音，哪怕**在休息周**期间，**在洞室里**。

我看在朋友的分上，指出汤姆他自己总是充分注意到，在他被斩首的前一刻，表现出真正的惊恐。还有，在他跃下**蒂萨洞**之前，漆黑中有一长串电闪雷鸣能让他在砧板上让自己迅速切换成"之后"的**电动**无头模式：他不是向来都竭力迅速地完成那套动作，快得不让我们的**访客**注意到这个切换

163

吗？我想，或许他比他自己想要承认的更像安！他的飞速变装难道不与安坚持练习口音相似，也就是一种令人钦佩的专业精神吗？

"我想我要说的是，我可不会在**休息周**练习怎么跳进**蒂萨洞**。"他说。

"我明白了。"我说道。倾听与赞同是一条行之有效的友谊之路。"那听上去挺烦人的。"

"但是她就是一遍又一遍，"他说，"'这位老爷''那位老爷'的。为什么呀？图什么呀？"

"想好好表现？"我说，"在她**访客**面前？"

"那些从来不会在这里出现的人？"他恼火地问。

出现一阵长久的沉默。

"不是说这里从来没出现过。"他说。

"我知道你不是那个意思，汤姆。"我说。

"我要不还是闭嘴吧。"他说。

"也许。"我说。

老天，我想，汤姆，弗雷姆先生，你真是让我进退两难！

规矩是规矩，朋友是朋友。但现在规矩和朋友会迫我采取不同的行动，我该选哪边呢？

我心事重重地沿着我们的假小溪散了个很久的步，思索着，看见几只假鸭子，肚子朝上，托德·沙普在侍弄它们。

当托德放好位置，就能听到鸭子"嘎"的一声，至少有一只鸭子叫了。

上帝！我常常全心扑在**团队**上。去年，我的背出了毛病，我有没有停止蹲踞，为了让自己好受些直直地站起来呢？没有，我继续蹲着，支着一根破扫把撑住。有一次，我**顶替演尖叫的末日教士**，虽然我有咽喉炎，但我连续尖叫了八个小时，甚至有六种**恐惧呼喊供选择**。

我还是继续在奔腾的小溪旁踱步，小溪尽头的墙上有一幅它流向永恒的绘画，我就在这面墙和另外一面墙之间来回走动，一直到托德终于把最后一只鸭子摆正，让它们都动起来。只有一只破得叫不出来，托尼把它夹在腋下带走了。

就在刚刚，在**保龄球**附近，我听到一阵喧嚣。

我冲过去，发现有一群人正乱哄哄地围着我的伙伴罗尔夫·斯宾格勒**飞矛手3号**，进行某种踢打的活动。尽管在挨踢，罗尔夫依然不断地发表那类让自己身败名裂的念头："我们每天都在拒绝承认真相的疯狂仪式中度过，我受够了！为什么我们不能承认与讨论呢？"还有："真相，真相！我们就不能，有那么一次，说说那该死的——"

天啊！难怪围着罗尔夫的那群人要踢他！

监察的雪莉冲我使了个眼色，意为：布莱恩，给罗尔夫来上一脚，这样我就能写下来你也是参与踢罗尔夫的一员，因为你和我们一样，对罗尔夫厚颜无耻的谎言感到震惊，被他的口出狂言深深冒犯，你希望自己能出一份力，避免让更多人承受罗尔夫的胡言乱语，再给他踹上一两脚，尽力扫除从名誉扫地的怪人罗尔夫嘴里涌出的扭曲的负面情绪。

这时候，说句公道话，罗尔夫已经没在说他的谎言了。他只是一动不动。雪莉瞪大眼睛，目光投向了我的脚，仿佛在说："布莱恩，我知道你是好伙计中的一员，我很乐意能够把这点写下来。"

我没有真的去踢罗尔夫一脚，最多就是用脚拍了他一下。

但就是用脚拍的那一下，在我蹒跚离开时让我一滞。我倚靠着那棵还装在古老运输箱中的假榆树，思索着，**那一记轻拍没有伤到罗尔夫吧，可能吧。不严重**。然后，我又用我的右脚拍打了我的左小腿，来感受罗尔夫的感受。接着，再更用力地来了一下。这也许给了我一种安慰：即使我用脚拍自己的小腿，比我实际用脚拍打罗尔夫的力度大得多，也根本没有那么疼。

尽管如此，当一个人正在死去并感到在死去，应该不会愉快。

等等，我是要去哪里来着？我问我自己。

监察与检举服务处，我答道。去举报汤姆。

谢谢，我回复道。

要是你不希望被严厉地处分，就不要做任何错事，我强调。

只要当个正常人,我附和着。

至少我能很快穿过**主平原**,因为,在这混乱的一天里,显然没有一个人在交配。

穿过 C 桥就能隐约看见监察与检举服务处:一座修葺整洁的淡紫色小屋,许多旗帜在飘扬。

我走近这座桥时,听到有人唤我的名字,我转身看到了**50 年代短袜舞会**的加布里埃尔·D.,穿着尽管属于 60 年代的荷叶边白色短袜,和她的丈夫比尔,他身上的字母毛衣看上去一天比一天紧。而且他总是把我叫作弗兰肯斯坦。那是怎么回事?太不准确了!我难道会管他叫艾森豪威尔就因为他和比尔的阶层主题相同?

尽管在**休息周**期间,人们不需要穿着戏服,但是他们穿了。此外,比尔还梳了大背头,加布里埃尔依然留着她标准的蓬松马尾。

"最近怎么样啊,弗兰基?"比尔说,"弗兰肯斯坦?弗拉—安—路?"

"嗨,比尔。"我说。

"汤姆·弗雷姆要我们把这张鬼画符拍给你,甜心。"加布里埃尔说。

给了我一张字条,我当场读了起来:

亲爱的布莱恩，

请知悉我已把最近犯下的错放在心上，并陷入深深思考，以减少将来犯下类似错误的可能性。我前面说访客从来不会在这里出现，要知道我并不是那个意思，我只是试图在开一个拙劣的玩笑。换句话说，我只是说着玩的，反讽罢了，从而表明我有多么深信与之恰恰相反的事实。

因为我把自己看作一个有良知的人，我觉得有必要强调你的**举报期**一旦结束，你也会犯下一桩罪行，一桩不作为的罪行。请知悉就算你选择**举报**我，我也会理解的。但是，如果你选择不去**举报**我，我会认为在日后，我俩会因为你向我展示的伟大善意而永远绑定在一起。

无论你的决定是什么，我心怀感激，在这份永恒的友谊之下。

请销毁这张字条。

汤姆·弗莱姆

"有什么感想，科学怪人？"比尔问。

"现在不是时候，比尔。"我说。

"我们可清楚这事了，老爹。"加布里埃尔·D.说道。他们手拉手走远了，然后就同往常一样，他们停下来，这样他就能探入她了。

现在我要做的就是走过桥去告发汤姆。

但那封信写得真漂亮,直抒胸臆且满怀信任。

我猛然转身,在**自动售货机**上买了个肉馅饼,带回家,在我的**睡眠槽位**里吃了,一整晚哪儿都没去。

这样就能让我的**举报期**过期了。

然而讽刺的事情来了。

第二天早上,**早饭**过后,我蹲在我的壁龛旁边,喝着**生姜饮**,这时艾米——雪莉所属**监察部**的**特助**兴冲冲地小步跑过来。

"嗨,布莱,"她说道,"有空不?我们有几个人刚刚搜查了你的壁龛。瞧瞧我找到了什么?"

她的一只手里:弗雷姆先生写给我的那封漂亮的信!

她另一只手里:她的哨子,我感觉她随时都能冲我吹响。

"你知道吧,就刚才?"她说道,"几分钟前,我把这封信拿给弗雷姆先生看了。后来呢,他便当场把你给举报了,宣称昨天在你面前冒出了一句**大不敬的假话**,说你呢,在那个时候给了他一个眼神,表示你不会告发他。根据我的记录,你是没有。告发过他。布莱恩,我现在要听实话:弗雷姆先生,在昨天是不是冒出过一句**大不敬的假话**?"

"没错。"我答道。

"但是你没有告发他。"她说。

"我想是的?"我说,"还没有?"

"那你现在要告发他吗?"她说。

"他真的告发了我吗?"我问。

"我刚一五一十地和你说了,"她说,"是的。"

"那好吧。"我说。

"不过你的**举报期**过期了。"她说。

"是吗?"我问。

"而且弗雷姆先生要求豁免权,作为**第一消息提供人**。"她说道。

三个来自**西部**的牛仔走过,他们还假模假式地曲着腿。

朝我们举了举大帽子致意。

"布莱恩,说真的?"她说,"咱们一起长大。还记得小鬼,龙宝宝,还记得我们在那个**少年团**里,搭建起了第一个超没用的**酷刑架**吗?我是真的不想吹响这个哨子,召集起一群人把你活活踢死。"

"我也希望这事不要发生。"我说。

"但是你也看到我的难处了,是吧?"她说,"弗雷姆先生因为你没有告发他在刚才就告发了你。谁知道要是我没有冲着你吹哨子他会不会也把我给告发了呢?你懂吧?布莱,你愿意和我一起把这事给解决吗?"

"愿意之至。"我说。

"接下来，"她说，"别出声，点头就行。"

她吹响了自己的哨子。

一群人聚来了。

受到所有人信任的艾米失望地摇了摇头，一副悲伤沮丧的姿态。

"就在刚才，"她说道，"有一句**大不敬的假话**被大声说出来了。"

人群响起一阵倒抽气声，十几张脸拧了起来：你准是在开玩笑，这种恶行真是让我们气得发疯。

"是汤姆·弗雷姆。"艾米说道。

她看向我。

我点点头。

"我们之所以知道，"艾米说，"是因为布莱恩在这里，尽自己的职责，尽管这不容易，但他说出了真相。对着我。就刚才。就很快。要是弗雷姆先生，这个不打自招的骗子现在再试图编造某些狗屁来保住自己的狗命，你们也别太惊讶。"

那群人冲出去寻找弗雷姆先生。

"我就是没办法冲着你吹响我的哨子。"艾米说，"我们还小的时候我就觉得你很可爱。"

"我也觉得你很可爱。"我说。

其实我并没有觉得她多可爱，但现在可不适合做出失礼的事情。

很快,从弗雷姆先生在**自动售货机**旁被人群发现后发出的声音来听,很显然,那群人就是在**自动售货机**旁边找到弗雷姆先生的。

艾米和我站在那里听着,听见"哎哟""痛啊"传来,无声地打着哆嗦。

"我想一个人永远不会意识到自己多不想被踢死,直到这个人听到有一群人对其周围的某个人做了一模一样的事情。"我说道。

"问题是,"艾米说,"弗雷姆先生现在确实罪有应得。所以我不必感到难受。你说是不是?"

"没错。"我回应道。

"我需要感到难受的,我想,那就是你也做了些不好的事情,而你还没受到应有的惩罚。"她说,"天啊。可现在我也做了些不好的事情,后面我可能也要受到惩罚。尽管,你甚至令我不去在意对错了。"

后来我们接吻了。还在自由奔腾的小溪后找了块地,交配。这不是我的初体验,但我要说这是我最好的一次,一想到我没被一群同侪踢死我感到释然,我想正是这一点让这一次如此难以忘怀。

在我回自己壁龛的路上,我经过弗雷姆先生。他垮了,倒在自动售货机边。有一只病弱小鸟落在了弗雷姆先生身上，啄了他一下。不过这些小鸟是怎么到这儿来的？这是我们这里一个永远的谜。是什么迫使它们飞下我们的**出口管槽**？它们是不是一直都在这儿？

哦，汤姆，我想道，这是我的错，我本该把你的信丢掉的。但是我把它珍藏起来，想要读上许多遍。但大部分来说，汤姆，这是你的错，因为你向艾米告发我，因为你确实犯了事被她正好逮住，你就要求豁免权作为**第一消息提供人**。这到底怎么回事，汤姆？要是你成功地告发了我，现在倒在**售货机**旁被一只病弱小鸟啄食的就会是我而不是你，看着多狼狈啊，汤姆。

对此，死去多时的汤姆嘴边冒出了嘶嘶的声音。

那晚，艾米过来，和我一起睡在了我的**睡眠槽**里：刚好挤进！我们紧紧地嵌在一起，紧到翻不了身，除非我们一起翻，我们交配，我们欢笑，我们从槽里滑出来，在我的电炉上煮面吃，再滑回去，她教我怎么给她编辫子。

尽管多年来我没有觉得艾米有那么可爱，但我现在觉得了。

到了早上，我发现她的额头抵着我的额头。她脸上的表情似在说，我能跟你说个事吗？

"早上好。"我说。

"我不确定我能否做到。"她说。

"这里真挤。"我说。

"我这辈子都试着在做正确的事。"她说,"而现在这样。我在这儿,一个**特助**,我在做什么?截然相反的事。"

她被安排去**监察迪斯科爱巢**,现在从她昨天带来的一个背包里拿出东西来开始胡乱地打扮自己。

"看着汤姆死掉吓坏我了,我承认。"她说道,"因为,某种意义来说,是我们造成的。我是说,是我们干的。是我们让汤姆·弗雷姆被踢死,而现在他也安息了。就我来说呢?归结起来:行吧,我更不想看谁被踢死,布莱恩还是汤姆?答案是你。所以我撒了谎。我猜现在我只能接受这个事实了。"

"你救了我的命。"我说。

"上帝啊,我知道,可,呃。"她说。

当我拉动能把床滑出去的滑轮时,你猜怎么着?

发生了一次水量过载的事故。

正在发生。

各种各样的垃圾漂了过去:一件斗篷,一条假手臂,一只饭盒。

艾米那双漂亮的迪斯科短靴漂浮在出事故的水面上,她抿起嘴,仿佛在说:我可喜欢这双靴子了,这太不公平了。

但是她还是走了下来。她不得不这么做。否则就要迟到了。水流进了她的靴子里,我拉着她的手,在整个**维多利亚**

周末期间。

"该死。"她说,"我恨死这个了。"

我们之间陷入了沉默,像是说:恨死什么了,艾米?

瑞德·穆雷蹚着水经过,追逐着他那顶扮演**阿尔卑斯度假胜地**中角色必须戴的瑞士毛毡帽,他在里面扮演因**在可怕雪灾中幸存**而闻名的登山者。

瑞德不可能捉到那顶帽子。

他从我身边经过,看了我一眼:这本是件容易的事,但不知为何那该死的玩意儿总是从我手里溜走。

"这看上去更糟了。"我说。

"什么呀?"艾米问。

"没什么。"我说。

我们蹚着水走了一路,手拉手,我被一阵信赖与喜爱的强烈感受所淹没,期盼着能和这个人靠得更近,昨夜她与我耳鬓厮磨,这是我与一个人达成的美妙结合,尤其是在与之交配时。

所以我便说出来了。

"这洪水。"我轻轻说。

我发现她停下动作,惊愕地低下头望着水灌进她的短靴,水还在靴子周围打转。

我把她置于了一个糟糕的境地。而我也身在一个糟糕境地。

把我俩都置于了一个糟糕的境地。

她凑过来。

"洪水。"她低声道。

"洪水。"我低声回应。

"该死的洪水。"她低声说,有些晕乎乎的。

接着灯光闪烁了一下,一片漆黑。

"停电了。"艾米低声说。

"又一次停电了,"我立刻低声回应,好让她一刻都不会怀疑我始终和她在一块儿。

"**访客们**过来了。"她在黑暗中语露讥讽地低声说。

"好多**访客**啊。"我说。

灯光恢复了,格温·托森迅速地追上我们,她装扮成**死神**,往**有轨电车**去,她把她的**死神**长袍提起来是因为,我们意识到,我们刚刚大声地喊出了——很可能在她听力所及范围内——"洪水",之后我们又说出了"停电"这个有问题的短语,对于它,我们本应该欣然顺从地默默承受,后来我们又出声说出了一个人可以说出的最为**大不敬的假话**。

格温的双眼眯成了两道缝:(1)没错,伙计们,我刚刚可是全听到了,还有(2)你俩生出了感情,这是好事,可,想想,你们搞死了汤姆·弗雷姆,我自己也和他有感情。

她急着想要举报我们,她放下了她**死神**长袍的曳地衣摆,一路拖在她身后,在水中带起一片转瞬即逝的涟漪。

"见鬼。"艾米说。

并吹响了她的哨子。

一群人聚过来,很多人还睡眼惺忪地揉着眼睛。

"格温刚刚大声说出了一句**大不敬的假话**。"艾米说,"考虑到一些,我不愿意说,但……"

她穿着迪斯科短靴,靴尖抵在水里转动。

"我没有!"格温说,"是她说的!他也说了。他们俩,都使用了那个有问题的短语'停电',还有——"

"喂喂,你这就说了啊。"艾米说。

"我说是因为要指出你说了啊!"格温说,"在先前。"

"我觉得这真可悲,"艾米说,"格温,你不过是在耍些漏洞百出的反转把戏。"

在格温眼中,我能看出她知晓自己无法赢过艾米,因为艾米深受所有人的信赖。

"等等。"格温惊慌失措地开口,"想想吧,伙计们。有没有可能艾米才是那个人——那个撒谎的人?而不是我?要是他们实际上,说了我刚刚宣称他们讲过的话,是我无意听到他们说的,这不就是,呃,恰恰是她会,你们懂的,采取的方式吗?"

尽管我知道格温说的都是实话,她紧张的谈吐甚至让我都产生了怀疑。

在紧接着发生的踢打中，艾米皱着眉头朝我使了个眼色，像是说：快加入啊，伙计。

我加入了。我没有踢她，甚至也没有用脚去拍她，只是站在清晨的气息中，被我全情投入踢打的同侪们推挤着。

哦，格温，我想，你为什么就不能像我常常做的那样，在偶然听到某些人说了些我祈祷自己压根没听见的话后，就索性装作自己没有听见呢？

一切结束后，有人提议道，出于尊敬，我们把格温（一直到刚才还是个甜心）从湿淋淋的地上抬起来，把她放到高处去，要是我们有得选的话，可以放去**建议箱**——塑料做的，形状犹如一朵巨型的玫瑰，我们会在里面留下**建议**。

我们把格温安放在玫瑰上，玫瑰感觉到了她，表示："好主意！我爱极了！"

因为格温一直垂落在玫瑰上，在我们渐渐离开时，它还是说个不停。

"事情愈演愈烈了。"我们往**有轨电车**去时艾米说。

"是的。"我说。

"我猜你觉得我哨子吹得太快了。"她说道，"上帝啊，或许我是吹得太快了。可你能让我怎么办呢？让她把我们给告发了，好等着被活活踢死？那听上去好玩吗？我们说那些废话干什么？我们在想什么呢？"

我望着她，她蹬着那双迪斯科短靴，泪水在眼眶里打转，看上去并不火辣，反而有些怪怪的，显得不伦不类。我发现自己对她倾注了更多柔情，比她在表现出淡定火辣的时候更甚——像是她脆弱无措的时刻激起了我想要她免受任何侵害的保护欲。

在**有轨电车**上，由于情绪低落，她不会吻我。

但我坚持。于是我们确实接了吻。我们吻个不停，就在**电车**上，她甚至不得不微微弯下腰，而我得轻轻晃动着身子才能继续亲吻。

接下来，**电车消失在 8 号隧道**中。

我转身望向**洞室**，发现它闪闪发光，里面的假树在同步**地自动摇曳**，树上闪烁的小灯倒映在奔流小溪中腾跃鱼群带起的阵阵涟漪上。所有这些都在对我说，布莱恩，格温刚才遭遇的事情让你很难受，自然，也是，有道理，但是除开这些，这依然是个美好的世界，不是吗？要不是艾米，你人都没了，谁能在这个节骨眼上救你两次性命呢？

何不试着开心些呢？

那个下午，我们这些在过**休息周**的人在**出口管槽**下面聚集成一个团体。

我们眼前：三只银色的运尸袋，标签分别标着"罗·斯""汤·弗"和"格·托"的名字缩写。

艾米和她的**监察**同僚一同进来，她朝我使了个眼色，柔顺的长发换了位置，随后又被甩回了先前的位置。她那楚楚动人的眼睛似在说，啊，宝贝，又见面了！

接着她的神色变得阴沉，像是说：呃，我刚想起来，这三只不平整的银色尸袋里有两只我们要负一定责任。

来自**劳动所高效协作部**的雷吉斯先生透过他的小扩音器说了几句，他说，这实在是太可惜了，有些人一辈子都以那些永恒的原则为荣，却在某些昏了头的时刻将它们统统抛弃，为了什么来着？失序？动乱？这个人便永远蒙羞。

灯光闪烁了一下，灭了，接着又恢复了。

我们在这样的日子里尝到甜头了吗？雷吉斯问。我们有没有寻觅到喜欢的人，为我们带来幸福的事情？我们有没有在早上起床时普遍感受到，如果我们生活在**第六法条**里，我们的日子就会好过？不去强调某些错误、负面的东西是不是要求太过了？这些出于自己的私利而坚持强调某些错误、负面东西的人理应受到斥责，这难道也算疯狂吗？

清洁部的艾尔走上前，捡起"罗·斯"的袋子，迅速消失在**出口管槽**处。

清洁部的丹尼斯走上前，捡起"汤·弗"的袋子，消失在**出口管槽**处，动作没有那么快。因为丹尼斯个子比艾尔小，汤姆的块头要比罗尔夫大。

过不了多久，罗尔夫和汤姆就会在**上界**安息，就在普韦布洛（科罗拉多州）附近的那个阴暗墓地里，根据**吊唁服务**的苏珊和盖比正在分发的**悼词卡**所说，普韦布洛（科罗拉多州）大致位于我们所在之处的上方。

格温还必须在这里多停一会儿，要等艾尔和丹尼斯下来，来决定由他们中的哪一个把她拉到上面去。

雷吉斯先生把麦克风从他的小扩音器上拔下来，拿起它，伤心地走了——如果可以说一个人拿着小扩音器伤心地走开的话。

艾米离开时，偷偷向我招手。

哦，人生啊，我想，我祈求你能简单些，让我可以拥有这些对艾米日益增长的爱意，而没有相反的负面情感，从某种意义上说，源自我们最近在某些不良事件中扮演的角色。

我发现自己心里对**第六法条**有了几分怨怼。

对此人生说道：为什么要怨**第六法条**？如果你在它的明智指导下，立即告发汤姆，并且没有在格温面前和艾米说出那堆**大不敬的**废话，那么汤姆还是和现在一样是个死人，这也正好，但格温还能活着，穿着她的**死神**长袍到处转，脸上还像往常一样挂着扭曲傻气的笑容，而你可以就那么为艾米着迷，没有问题，你们两个人努力工作，迎接**访客**，想想，也许，结婚，也许，最后，生几个孩子，像正常人，守法的人一样。

所有这些听起来都不错。

但是,哎呀呀,并非如此。

一个家伙走过来,拿着一挺汤普森冲锋枪。

"你是不是布莱恩?"他问道,"爸爸说起过你。他可喜欢从上方假装攻击你呢,我猜是?我有感觉就是你。因为爸爸寄了幅素描给我。爸爸真是个有天赋的艺术家。我是埃德加·斯宾格勒,**芝加哥黑帮窝点**。罗尔夫的儿子!抱歉我还扛着枪。我刚下**戏**。"

素描画的是我扮**蹲踞食尸鬼 8 号**的模样:被**地狱火灼烤**的衬衫,被火熏黑的西裤,冒烟的领带,意在表达我在**死**之前,曾是个办公室白领,甚至可能做到了**执行官**。

在画下面,罗尔夫用花体写了:"埃德加,这是布莱恩,我交到的那个朋友。"

我和埃德加说罗尔夫是个好人。

"嗯,妈妈和我一直都那么觉得。"埃德加说,"我们真的想不出是什么让他遭遇了这个下场。他一直都是个神志清明的人。乐呵呵的,你知道吧?总之,就在他遭遇不幸之前(反正也是罪有应得),爸爸过完**休息周**,正要回**地狱喉囊**,让我把这张素描给你。后来我忘了。哎呀。真是讽刺。对了,还有这个。"

他给了我一封信。我拿到旁边去读了:

亲爱的布莱恩，

我感受到你与我"志同道合"。所以我打算将一些沉重的事实说给你听。

三十年来，有一些黑暗的知识蚕食着我。我已经老了，在此便要将这一团烫手的智慧之火从我的手掌中传递给你。我有没有告诉我的儿子，**芝加哥黑帮窝点**的埃德加呢？没有。埃德加，上帝保佑他，一直是个无比老实的规矩人，缺乏想象力，尽管你永远不会遇到比他更好的心肠了。我始终担心这些对他来说太过了，且像他那样的直性子，他可能真的会告发我，告发自己的父亲。

很久以前，我还是个小伙子的时候。有使不完的躁动劲，驱使着我在一个晚上（做好思想准备！）走进了**出口管槽**，并爬了上去。是真的！我胆子大如牛。在那时候。我往上去了，攀着那架镀铬楼梯，我们都熟悉的那架，你也知道，那是碰也不能碰的，更别说爬了，我傲慢地在想：我就想看看**上界**是什么光景，亲眼瞧瞧我们在地理课上学的那些东西，像是糖果店、高架桥、下雨、林荫大道、橄榄球赛的"车尾"派对、徒步行山、泳池边的日光浴，以及在一个名叫"西夫韦后边停车区"的地方和一个姑娘接吻。我可想看看**天空**了，我想。那么高那么广阔。还有那些森林，在这个季节里准是绿极了。

我爬了四五十分钟。后来，好家伙，我发现自己的脖子突然别住了。

是什么东西呢？

压得低低的石头顶。

没错：**出口管槽**通往上面，是呀，可是出口呢？根本没有（！）。**管槽**不过就是一条垂直的长长隧道，尽头就是那堵低矮的石头顶了，正如我前面说的，我爬得太快，还别到了脖子。

那些我们挚爱之人的尸身，你要问了，一年复一年，我们看着他们被拖向了出口，拖到**上界**，由丹尼斯和艾尔提着，在此之前是鲍勃，法国人"大鲍勃"吧？

是了，没错正是！

我开始往下爬，还发现，在另一侧，有一间洞窟一样的房间，在往上爬的时候，因为我着急，路又太黑，没注意到它。那里有一大堆银色的尸袋，有的可以追溯到五六十年前，隐隐地散发出一股腐烂气味，还有几只化为白骨的手臂大腿支在外面，要是你会被这种场面吓到的话，听我的劝：别像我那样大错特错地拿着手电筒就进去！

总之，那个我们多年来一直眼巴巴地注视着的上方**出口**根本不是什么**出口**，不过是通往一座悲伤阴森的死者房间的竖井罢了（！）。

我们被封起来了，被一个坚实永久的混凝土塞子牢牢地封在下面。也许是混凝土/聚酯的混合体。

访客还怎么可能下来这里呢？他们不会的。他们不曾来，看起来他们也未曾打算要来。

我们将始终无人**来访**。

我没骗你。

这到底怎么回事？为什么把我们放在这里？很久以前，**上界**发生了坏事吗？瘟疫、战争，还是饥荒？**上界**的某个人想：最好预先拨出些东西？像是种子？也就是我们？直到坏事结束？或是人口控制？我们的祖先是罪人，这里其实是他们的监狱？那为什么还要把这里建得那么花哨？为什么还要有戏服、角色、小溪、**电车**、**保龄球**？

我不知道。

我也相信我们现在还活着的人里也没人知道。

在我这辈子里，这个秘密再无第二人知晓。我孤独极了。我快要爆炸了。有时候我真想用自己的一支长矛把自己的钢丝割了，从高空坠下。但如果那事没有发生，我很快便能见到你，兄弟，就在高处！我等待你的回音。尽快给我回信，让我的儿子，**芝加哥黑帮窝点**的埃德加带信，是他带给你这封信的，尽管他不知道其中内容，反正他也不怎么读书。

你的朋友，我希望，尽管刚刚交给了你一个重担，你还能是朋友。

罗尔夫·P. 斯宾格勒

我走上前，抬头望着**出口管槽**，思索着，等一下，现在要怎么办？

我难道不知道吗？亲爱的读者啊，没有多少**访客**打算下到我们这儿来，且实际上，没有一个，没有一次，在我这辈子里，没有**访客**下来。对啊，对啊，当然，我们都知道。但是知道是一回事，说出来就是另一回事。为什么要说出来？难道会有好处？从悲惨的经历来看我们知道这么做没好处。所有人都羞耻地回想起那个被称为**贫民窟**的时期。在那期间，我们中有许多人心灰意冷，完全放弃了我们的角色，把道具和戏服扔在一边，只是到处闲逛说着废话，争论，发牢骚，吵架，在**自动售货机**上购买那些被叫作"**速速眠**"的镇静剂，接着，有时就在几分钟后，再服用那些称为"**超级炫**"的小包兴奋剂。

有那么一段日子。

不！

目标感的丧失致使我们 11 座工作所里死了八个人，还摧毁了许多先人馈赠给我们的酷炫玩意儿。一个晚上，先前提到的那只**悔恨恶魔**被人推下了**无尽欲念之崖**，滚落时随着每一次碰撞，都会发出一声随机的悲伤的**悔恨呻吟**，最后砸在了一个**通风单元**上，它才悄无声息。它仰面躺在那里，悲伤的**恶魔**之眼投向我们这群刚刚把它推下去的人，似乎在说："同事们，够了，把我从这个肮脏的深谷里拔出来，让我们重新开始。我们必须得信仰些什么，不是吗？"

很快，作为一个集体，我们回答：是啊，是啊，我们必须要。没有信仰，我们只能发疯！死了八个，伤了四十个？我们的三台大型**自动售货机**被开膛破肚，飘浮在**中央火焰池**，**电车**跑出了轨道，我们过**休息周**时不得不走在昏暗的轨道上到达**洞室**，此外，当一个人累计的角色工时完全为零时，**休息周**还有什么乐趣？

所以便有了**第六法条**。

并且情况好转了。

并且现在依旧。

我一直都在思索（我们所有人都在思索，或是尽力去思索）：**访客**什么时候来？现在的任何一天。就在某一天。也就是说，当它发生时，会在那一刻被我们称为今天。所以，每一天，当我们意识到新的一天到来，我们必须假设今天可能就是那一天！当**访客**真的来了，我们希望做些什么呢？让他们啧啧称奇。或许让他们大吃一惊。靠我们精彩的表现。就我们来说，就**喉囊**的情况来说，就是吓人。要是等了那么久之后，**访客**真的来了，我们却都发臭了，那该多可悲啊！他们会这么想：我们辛辛苦苦钻进长长的**出口管槽**，顺着那架打滑的镀铬梯子爬下来，可现在既不吓人也没惊喜，我们还得精疲力竭地爬回上面去？

可现在看起来那一天，众人期盼的那个今天根本不会到来。

我一惊,意识到自己站在了格温银色尸袋的头旁或是脚边。

是头。

在那儿的某个位置留下的就是她那道扭曲的傻笑。

悲伤瞬间击中了我:要是**访客**永远不会来,格温、罗尔夫还有汤姆就是白死的。

更不用提莱斯特·"冲锋"·柯布,**餐饮服务部**的人,他出于爱好维护过一个我们记录所有人生日的数据库。在去年圣诞夜,他喝醉了,大声嚷嚷个不停,说着"**访客**稀少"的谬论,付出了终极代价,此后再也没见过他羞涩地递出一张粗糙的手工生日贺卡。还有贝蒂·路米斯,**搅动热血的女主人**,她的角色就是站在齐腰深的**罪孽血池**中哀号,去年她开始颓丧地坐在岸边,一声也不哭,嘟囔着一些她不该说的东西,在她被团团围住时,她率先祝福并宽恕了我们。

还有别的人,还有许许多多别的人。

在生活中,有时一个人所站立的地基会发生倾斜,一个人先前所相信所珍视的一切会开始倾覆,突然间所有的东西看起来陌生又新鲜。

现在这事发生在我身上。

实际上,我充满了好奇。

新鲜的空气透过**通风单元 1 号到 26 号**源源不断地输送

给我们，淡水通过我们各个**水龙头**，还有食物通过狭窄的**食物槽**输送进了我们的一座座**厨房**，还有电力，尽管零零星星地，在这些接到天花板上的巨大绿色电缆里流通。这些玩意儿不可能便宜吧？因此在上面肯定还有谁依然关心我们吧？

但是那是一种什么样的关心呢？把人往洞里一丢，把这个洞一塞？

诡异的是，就在这个时刻我意识到我恋爱了。

因为，我自问可以和谁分享这些启示（在这个我需要的时刻，我期望向谁求助），我意识到：艾米。

艾米，且只有艾米。

而她，从**管槽**那头的时钟来看，可能正在**吃晚餐**，在**餐室**。

我进屋找寻艾米，被堵在了**狂野西部之日**的那伙人后面，我想说："哦，金堡，别再说'我寻思'了。"而金堡的真名实际上叫吉姆，但是他坚持要把名字**西部化**，哪怕在**休息周**期间，他也站在那里嘴里嚼着一根搅拌棒就好像那是根干草还是什么玩意儿，就为了看上去，我猜，更**西部**？

角色扮演的时间已经结束了，金堡。

没找到艾米。

为什么这些牛仔就不能靠边站呢？我有些恼怒地想道。我找到个位子，尽量离他们远远的。

说实话，我意外地发现自己内心充满希望。在摆脱了**访客**会来的希望后，我们现在可能开启什么样的新生活呢？在没有角色的情况下，我们可能成为谁？我们可以将我们大量的，直到现在还被滥用的精力倾注到哪些更为宏大的目标上呢？

所有这些问题，我都渴望与艾米一起探讨。

只是太糟糕了。

我们**监察官**的**监察官**是雪莉和基科：白天是雪莉，晚上是基科。

因此，很少能看到雪莉和基科出现在同一个地方。

然而现在她们就在这儿，并肩走进**餐室**。

她们径直朝我奔来。

"雪莉告诉我，那天你给罗尔夫的那一脚并不重。"基科说，绕过一把椅子，倒骑着坐在上面。

而雪莉则一直严阵以待。

"更像是轻轻推了一下，"雪莉说，"用脚。"

我现在的感觉真是太奇怪了。

"我和基科能请你喝杯可乐吗？"雪莉问，并给了我十个代币。

"喝杯可乐吧，醒醒脑子。"基科说，"目前为止，你总是相当稳重的。"

我接过代币，站起来，买了，实际上是两罐可乐，因为今天是**买一送一星期二**，你可以用一件的价格得到两件东西。

"我们社区的人普遍都很好。"基科说，在我还没有完全坐下来的时候，"你有没有想过，为什么偶尔有些时候，我们会如此暴力？"

"或许这是因为我们关心。"雪莉说。

"我想这一点没错，"基科说，"我们的生活环境如此拮据，所以，为了保持积极性和秩序，我们发展出了一个以严格、纪律和凶猛为特点的系统。"

基科正在用手指拨弄着自己的哨子，哨子挂在她脖子上一条橙色的绳子上。

现在她看到我正在看它。

又快速扫视了一下**餐室**周围。

"今天这里的团体相当有规模。"她说。

"你有什么要告诉我们的吗，布莱恩？"雪莉说，"什么想说的都没有吗？"

"我们听说你和艾米有一腿。"基科说。

"我的**特助**。"雪莉说。

"我们感觉自己对格温的整个情况有一些质疑。"基科说。

"就艾米而言。"雪莉说。

"就艾米而言，她明显的判断力缺失令人震惊。"基科说。

"根据两位可靠目击者的证词。"雪莉说。

"布雷特·弗里兹,凯蒂·弗里兹。"基科说。

"我们想强调的是,就你而言,还为时未晚。"雪莉说,"你有资格成为第一消息提供人。"

"我们还有一条更大的鱼要钓。"基科说。

"想要搞定像艾米这样受人尊敬的大鱼,"雪莉说,"强有力的证据将是关键。"

可怜的人啊!这一切看起来都那么微不足道。

尤其是就我现在所知的一切。

我在喝可乐的间隙将罗尔夫的信塞给她们。

看着她们的脸在读信时变得通红。

"那么,呃,让我把话说清楚,布莱。"雪莉说,把信塞回去,"如果我的理解没错的话。这么多年来,丹尼斯和艾尔一直在,什么?把那些尸袋藏在那个,嗯,山洞,还是什么地方来着?"

"那里一定越来越挤了。"基科说。

"那可太挤了,以至于每当丹尼斯和艾尔上去增加新的人时,"雪莉说,"他们大概要费老大力气把尸体尽量往上推,推到这个,叫什么呢?摇摇欲坠、滑溜溜的死人山?"

"别紧张,雪莉。"基科说。

"现在他们都在担心,到下一次会不会死者滑下来,从拉链里漏出来，然几分钟后从那个该死的**管槽**里喷出来？"雪莉说，"那，那关我什么事？"

然后看着我，眼睛突然湿润了。

让我大吃一惊。

"嗯，妈的，恭喜你，布莱。"她嘶哑地说道，"你刚刚加入了一个小集团，为了大家的利益发誓要保密。"

"不要告诉艾米。"基科说，"不要。知道的人越少越好。"

"那就更应该让艾米离开。"雪莉说，"你要帮助我们让她离开。"

就在这时，你猜谁进来了？

"才说起她。"基科说。

看到我和基科、雪莉在一起，她必定是无比熟悉这两个人榨取信息的前倾姿势，因为她自己多次在试图让某个人告发一个亲近之人时都采取过这种姿势，艾米停下脚步，心碎地朝我歪了歪头，冲出**餐室**。

基科举起哨子，吹了两声，并不是"都过来，开踢"，而是"泰特和/或杰奎琳，带上**电击器**，**电击**布莱恩，他似乎想起身追逐艾米"。

随之而来的是刺耳的全域警报声，肯·迪罗吉尼通过公共广播说，一个身份不明的人，女性，可能是艾米，实际上几乎可以肯定是艾米，刚刚推倒了艾尔，非法进入了**出口管槽**，显然是想逃到**上界**去。

她来了，杰奎琳，拿着电击器。

我倒下了。

在医务室醒来好奇怪，我的两侧太阳穴都有焦印，在我脑海里艾米的味道和气息还有她的手在我手中的感觉如此鲜明，我却意识到她没有到**上界**，根本没有，而是被困在那个毛骨悚然的死人洞窟里，思索着两个同样胡扯的选项：（1）爬下来，被前所未有的狠劲踢死，因为她通过逃跑已经承认了自己的罪行，或（2）永远待在那个毛骨悚然的死人堆里，偷摸着下来，到了晚上去**自动售货机**里搞些食物和水，一旦行差踏错——见（1）。

我要不要爬上去加入她？和她一起过日子？到上面去？要啊。要啊。只要我没那么犯恶心。而且能保持一定清醒。

可是哎呀。

第三个选项我想都不敢想：那天晚上，艾米来了，她一头栽下**管槽**，撞在地上，发出的声音就像人从爬四五十分钟才能到达的梯子高度摔下来。

在她紧握的手中：一张字条，是给我的，写在她**监察手册**的一页上，第二天早上，在**医务室**里，由来自**维多利亚周末的害羞的追求者**卡弗·D. 偷偷地递给我。

"谢谢，卡弗。"我说。

"对我这样的人来说不算什么。"他说。

亲爱的布莱恩，

我一直在这里等你，但等不到你。我想这可能是个奢望。我明白你为什么要告发我了。我可能也会这样做。我们就是这样的人。

你猜怎么着？**管槽**并不通往**上界**。上面是什么呢？是一个洞里的乱葬岗。汤姆和罗尔夫还有格温都在这里。我可以伸手摸到格温。在这里，我刚刚就这么做了。在这个狭小的空间里，我发现自己坐在她和长长的落口之间，有点发狂。我四处查看，已经找到了你妈妈、我爸爸。你爸爸、我妈妈一定在更远的地方，因为他们更早时候就死了吧？

以前，我有时会想到**上界**可能都不是真的。但在我写这封信的时候，有一道全新的光线从塞子上的几十个小裂缝中渗进来了。

所以，**上界**是真实的，但它不是为我们准备的。

在我的脑海中，一切都是破碎的。你知道我吹过多少次哨子吗？冲着多少人？我一直坐在这里试图想出一个数字来。我为什么要做那些事？

宝贝，没有人会来。来看看我们做过/正在做得有多好。只有我们。永远。直到洪水淹没我们，或者空气或食物停止供应。我们过的日子真是个笑话。忧虑、猜疑、压力、卑鄙。我一直在幻想这些死者在告诉我，如果他们能

195

回来,他们会做什么。到目前为止,没有人说过的:告发更多的人,并在被要求时更用力地去踢。

那我,是一个杀人犯吗?你呢?我想是的,是的,哇。

好吧,对我来说没有生活。这里没有,那里也没有。

所以。

我不介意死亡,但不能忍受是在你的帮助下,我们就是我们,你应该也是不得不,我想。

嘿,哇,瞧,我又在救你了。

吻你。

艾

午餐时,雪莉和基科送来了牛排、布丁、四块奇巧、一杯奶昔。外加一张字条:"艾米的事我们表示遗憾。虽然很痛苦,但这是最好的结果。对了:我们觉得你会成为一名优秀的**监察官**。希望这个提议你有兴趣?不然,你要面临严峻的前景。说真的。"

"我答应,请吧。"我在下面写道,并痛快地吃了起来,然后把纸条送回我洗干净的盘子里。

但我不会成为一名**监察官**。

每一天都开启了某一天,亲爱的读者,当它开始时,我们称之为今天。因此,每一天,当我们意识到一个新的今天到来,我们必须假设今天可能就是那一天。但是,为了什么呢?这是未知的,是我现在必须找寻的答案,而且要快:因为我今后的每一个今天都将是为了什么?

我有艾米的信,罗尔夫的信。我有我写给你的这些笔记,亲爱的读者。

在我获释后,我将起身,去**复印部复印**这些东西,然后出去,把它们留在**洞室**里的每一个假树桩上、**餐室**的每一把椅子上、迪斯科的**衣帽间**里、**我们现在竞技**的马厩里、**西部**的沙龙里、**电车**的座位上,**电车**不断地循环,从一家接一家姐妹劳动所,从北方加利福尼亚的**烂漫溪流**,到南方缅因州**梦幻般的夏天**,这样,所有人都可以知道真相,也许在某个安静的时刻,深受触动地发问:我们所创造的这个世界是一个可以让所爱之人茁壮成长的世界吗?

虽然我不会活着看到它,也害怕注定会到来的踢打,但愿这些话能为掀翻旧世界发挥一些作用。

母亲节

派恩街沿路每年春天都开紫花的那些树开了紫花。如何呢？又有什么大不了的呢？每年春天都会发生。帕米说个不停："看看这些花呀，老妈。这些花难道不惊艳吗？"孩子们试图亲近地奉承着。小保罗飞回来了。帕米则带她去吃母亲节午餐了，现在正牵着她的手。牵着她的手呢！就在派恩街上。这个小姑娘曾经抽了她自己母亲一巴掌，就因为母亲要给她整整衣领。

帕米说："老妈，这些花，哇哦，它们真让我惊喜。"

正如帕米穿着件印有交叉机枪图片的运动衫带她母亲去吃午饭。穿条漂亮的裙子呢？或者裤装呢？至少这一次，帕米和小保罗没有因为抽根香烟就冲她发难。即使是在帕米以前学竖琴的时候，即使是在小保罗头发很长，和那个艾琳约会时，即使是在艾琳到处睡，小保罗剃光头之后，每当小保罗和帕米过来的时候，他们总是冲她吸烟的问题发难。这很无礼。他们可无权置喙。他们父亲还活着的时候,他们可不敢。她只是给帕米整整领子,帕米就给了她的手一巴掌时,老保罗可是狠狠地打了帕米一记。

小镇看上去很漂亮。旗帜在飞扬。

"老妈,午饭你还喜欢吗?"帕米问。

"还不错。"阿尔玛说。

至少她没有发出老太太的嗓音。她的嗓音一如往常,就跟她年轻时一样,她穿着紧身裙去喝鸡尾酒时没人比她更漂亮。

"老妈,我想到了,"帕米说,"我们走去皮克街怎么样?"

帕米想干吗?把她搞残?她们已经出来两个小时了。小保罗睡得太迟,错过了午餐。他才坐飞机回来,好小子,胳膊酸死了。老保罗以前下了飞机总是这么说。小保罗还没这么说过。小保罗没他父亲的聪明劲。此外,看上去要下雨了。深蓝色的云悬在运河大桥上方。

"我们回家去。"她说,"你可以开车带我去墓地。"

"老妈。"帕米说,"我们不去墓地,记得吧?"

"我们要去。"她说。

在墓前,她会说,保罗,亲爱的,一切都好。小保罗飞回来了,帕米拉着我的手,他们总算不再对着我抽烟唧唧歪歪了。

她们经过曼弗雷广场。有一次,还是尼克松当政的年代，闪电劈中了曼弗雷的小圆顶。早上，一块圆顶躺在草坪上。她曾经牵着尼珀经过。老保罗不遛尼珀。遛尼珀太早了。老保罗有些酗酒。老保罗会相当理智地小酌。在那时候，老保罗在销售一种刺激树木生长的小型设备。你把它装在一棵树上，这棵树应该就能茂密起来。在老保罗还是相当理智地小酌时，他会编造一些好听的话，有时还鞠躬。这位相貌出众的绅士会醉醺醺地来到你门前，问你，你家的树是不是僵兮兮的？它们是不是长得没有其他树旺？需不需要有人给它们加把劲呀？接着举起这个小设备。就这么搞着，差点让他们连房子都保不住。老保罗很有魅力。但是惹人厌弃。从销售角度来说。他连那堆树木促长器的效用都不清不楚。那天晚上，老保罗喝多了，用低沉的嗓音说这栋房子他们很可能是保不住了。

"孩子她妈，"他说道，"我连这堆树木促长器的效用都不清不楚的。"

"老妈。"帕米说。

"怎么了？"阿尔玛气吼吼地问，"你要干吗？"

"你怎么不走了？"帕米说。

"你难道以为我不知道？"她反问，"我膝盖疼呢。女儿拽着我满城跑。"

她之前是不知道。反正她现在才知道。

她们在一家铺子对面，铺子以前是做管道切割的，现在是健身房。他们差点保不住房子那阵,小保罗带着一个装满硬币的杯子来到他们床前。这些天里,他光着脑袋,在替《省钱一族》周刊卖广告位。帕米则在"没有动物需要死"工作。那里真叫这个名字。那地方闻起来就像大麻。出售的T恤和帽子上画着些卡通奶牛,说着"感恩没有弩箭穿过我的头"诸如此类的话。

他们打小就那么聪明。她记得小保罗拿的成就奖。有个男孩没拿到还哭了。但是小保罗拿到了。但是他们过得很糟糕。干着愚蠢的工作,连婚都没结,总是讨论着自己的感受。

有些东西把小保罗和帕米惯坏了。当然了,不是她。她总是那么坚定。有一次,她把他们丢在了动物园里,因为他们不听话。那时候她让他们别再喂长颈鹿了,他们还在继续。她就把他们留在了动物园,跑去喝了杯鸡尾酒,等她回来时小保罗和帕米正站在大门口反省,动物园的气球都瘪了。他们在听话这件事上结结实实地得了教训。一个月后,在艾德·佩德罗斯基的葬礼上,她朝他们使了个严厉的眼色,命令他们走过敞开的棺材,他们便飞快地走过敞开的棺材,没有耍花招。

可怜的艾德,看上去糟透了,他倒在厨房里过了几天才被人发现。

"老妈,你还好吧?"帕米问。

"别傻了。"阿尔玛说。

早些时候，她和老保罗用各种各样的方式都做过了。在那之后他们会在地上一躺，讨论着用什么颜色刷墙。但后来孩子们降生了。他们很糟。他们哭闹又抱怨，他们不分时间场合地乱拉屎，他们踩在碎玻璃上，他们从小睡中醒来，把窗帘拉开，这时候她和老保罗躺在地上，什么都还没做，而她不得不起身，气急败坏地，这扫了所有的兴。等她回来时，老保罗已经跑到院子远远的地方，咪上他那一小口。

没多久老保罗就夜不归宿。谁能怪他呢？待在家里无趣得很。因为帕米和小保罗。需要采取点刺激的措施。她买回来最狂野的内衣。又开始抽烟了。有一次，她让老保罗抽她的光屁股，当时她只穿着一双高跟鞋站在冰箱前。有一次，在院子里，她伏下身子，醉醺醺地，等着在老保罗面前一跃而出。等她一跃而出后，她发现老保罗没穿裤子。那只是一部分。那阵疯狂。是他们伟大爱情的一部分。就像她发现老保罗在门廊昏睡过去时把他弄到床上去一样。那也是他们伟大爱情的一部分。哪怕那时候他十分滑稽地管她叫米莉。有一晚她和老保罗站在外头，靠着窗，手里拿着酒，望着小保罗和帕米在一间间屋子里打转，显然想找到他们。他们——在开玩笑。这很好玩。在他们终于回屋里后，孩子们松了一大口气。帕米满脸是泪，小保罗举起小手冲老保罗的裤裆狠狠地来了几拳，还导致他被送去了——

好吧，他当然没有在大晚上被送去花园的小棚里睡觉。像他一直宣称的那样。他们不会那么做的。他们——很可能他们就一笑而过。以他们自在随性的方式。他们把他送上床。因为打了人。在那之后，他曾跑出去，躲在那个棚子里。出于叛逆。他们找呀找呀。找个不停。终于，他们在棚子里找到了他，淘气地睡在一只化肥袋上，脸上挂着脏兮兮的泪痕——

他本应是出于叛逆才躲起来的，为什么又要哭呢？

那都是很久以前的事情了。

她不会因为这个就坐上该死的时光机。

图书馆上方的天空黑漆漆的。

要是帕米让她淋了雨，她会发誓把帕米撕碎。

有一年国庆，老保罗在菊花丛里爱抚了她。他喜欢那么做。他一直渴望更狂野一些。好啊，男人，这就来了。那起了效果。在菊花丛里的那场爱抚中，她不再听到米莉这个名字，也没有卡罗尔·门宁格尔，也没有伊芙琳·某某。她短暂地不再听到那些名字，不再闻到那些陌生的香水味，在那场由狂野带来的转瞬即逝的大捷里。在神奇的 7 月 4 日这一天，孩子们去哪儿了？某些有烟火的开心地方，可能吧。两团烟火走近了。停了下来。又火速离开。行吧，这就教会了他们察言观色。这能教会他们大人们也需要他们自己的私人时间。

"看好了，孩子们。"老保罗醉醺醺地对着她的裸背含混地嘟囔着,"欢迎来到辣眼睛现场。"

在那个狂野的国庆日过后没多久,他们又差点保不住房子。一切的狂野都停下来。没有了狂野,那些名字/香水又回来了。

不。有人记错了。他们肩并肩地携手保住了房子,名字/香水的整个问题永久地消失了。他俩觉得这太滑稽了,有人竟然觉得老保罗还会考虑——

她好累。

蠢货帕米。

不贴心的帕米。

"回家。"她说。

就在前面,派恩街对面,在扫步道的女人——是她吗?

是。

黛比·哈瑟尔。好家伙。她都那么老了。

高中时的那个奇怪太妹。是个大嬉皮。小脑袋,卷头发,平胸。瞧她在那儿,还是副怪样:亚洲风衬衫,脚踝系带的裤子,瘦得像只小鸟。她以为自己是谁,甘地还是谁呀?甘地夫人?

嬉皮老太?

在那间狭小车房门前像个报丧女妖似的扫地,自打她是个姑娘起就住在里面。和她那对怪胎父母一道。曼迪和兰迪。两个人都有点跛。不一样的跛。他们走在街上的时候活像在开一场怪胎舞会。

现在,就此打住那么一秒钟,爱因斯坦,老保罗在她脑海里说道,让我们来提出一个假设:比方说你出生在一对瘸子家里,在一间小房子里长大,连撒尿都无处可去?你难道就不会长成个迷茫的怪丫头,结过十几次婚,还生了个逃家的女儿?

不会,她回答说,我不会。

你就那么确定?老保罗问,行吧,可能我就是傻。或许我没能把握住你那高超的逻辑。或许,过着完美的生活,让你对一切都不再有疑虑。

别。

不要。

不要为那里的那个人说好话。

我不过就是问问,他说。

他以他自己的方式向她施压,甚至不给对方机会去——

姓黄还是白,喂喂?他问。时间嘀嗒嘀嗒走呢!回答我,请吧!

嗯,她怎么会知道?如果她不是她自己她会是谁呢?你怎么就想知道这个?这什么意义都没有。

"老妈,你是想上那去,打个招呼吗?"帕米问,"她是个老朋友,是吧?"

"是啊,她很老。"阿尔玛说,"但她跟我可不是朋友。"

"妈,老天啊。"帕米说。

"我们跟她从来就没任何关系。"阿尔玛说,"老嬉皮。跟我们从来没什么关系。"

不熟。

她没那么熟。

好家伙!阿尔玛·卡尔森上这儿来了。来派恩街上。女儿在身旁。叫帕米,吉米还是什么来着。她见过她儿子,小保罗,昨天在韦格曼斯超市,捧了一大把花。给阿尔玛的(!)。怎么会这样:坏老太(阿尔玛)收到母亲节鲜花;善良的好妈妈(她自己,黛比)收到——

老天,那张脸孔:干瘪的苹果。像只抽紧的钱包。

上帝啊或者别的什么,什么时候能劈道雷下来?劈在那个小人头上?还是说就让她这么过完一生,卑鄙无耻地过完一生?哦上帝呀,呆子,她,黛比,不算特别信奉上帝或地狱或是那套基于任何男人的废话。她自己也不算什么天使,这辈子也嗑过(没错)一些药,她自己也并不愿意出现在天堂之门前面,让某某圣人在他的书里查找她一番然后说:哇哦,嗨,我正坐在这里整合你生命里男人的数量,啊,哎呀呀,你能在这等一会儿不?我要去问问上帝上限是多少来着。

唰唰,唰唰。

（为什么我们要在这里用这个词？真实的声音其实听起来是飕飕）

飕飕，飕飕。

因为，嗯，没错，她喜欢男人。而且他们也喜欢她。回到以前。对她来说？那是一种快乐溢出的样子。就像电视里那个搞艺术的男人，他画了太多画，有时把他老婆惹毛了，他就会竖起画笔说："快乐都溢出来了，乔安妮，都怪我！"她就是那样子。但她是因为和男人睡。哈！她和每个人都很享受。哪怕是下流坯。尤其是那些下流坯！那个从印第安纳来的推销员！带着那些小眼罩？那又是怎么回事？他去哪儿都带着它们啊？显然！但上帝保佑他，也就是他，那就是他的家伙。每个人都有个家伙，或是一些家伙，而且她是这么想的，要是你爱这个世界（她确实爱，或是说她愿意这么想，不管怎么说她必然是试着这么想）你需要爱它的全部。哪怕是印第安纳先生（叫泰德？托德？），带着小眼罩盒子的那个。他现在在哪儿呢？他应该是比她大上有十五岁。所以他会是……怎样呢？在家里？死了？他和某某圣人正在开展自己那段有趣的对话？关于眼罩的？关于她要求了也没有完全停下来的——

但即使如此——你总在每件事上学到一些东西。或者，至少，她学到了。她从印第安纳先生那里学到的东西是——

嗯，她也不确定。

不要和印第安纳州的男人约会。

哈。

笑死人了。

飒飒。

印第安纳来的泰德/托德后面是谁？谁来着？卡尔，然后是托宾，再就是劳伦斯/格雷的组合。再后面就记不清了。老天，名单真长啊！她真的活过一遭。不分高/矮，书呆/酷哥，已婚/未婚，不管。没有挂碍。没有困扰。要是你对我有意思，我感谢你的厚爱，我向你向我俯首的那部分鞠躬，就让我们开始吧。哈，不，真的，她完全没有放弃这一切。为什么要在这个时刻放弃开放呢？来嘛！即使是现在，来嘛！开放，开放，开放！她应该穿过派恩街给阿尔玛一个拥抱。会把这个老婊子吓死。

但是不了。如果说她在这辈子学到了什么的话，那就是：你不得不接受别人本来的样子。

就像维琪。她女儿。无论维琪以前是什么样子，她，黛比，都接受了。维琪想要当条书虫，穿上那双大肥靴子，记下关于法国大革命的一切，总是整理房子、擦洗马桶什么的，她就会说：去吧，孩子，我接受你。当维琪想修剪草坪时，因为这个周末有游行，整个镇上的人都会看到他们的草有多长（好像那是一件大事一样），去吧，姐妹，哪怕你只有八岁，但你可以伸开手，用你那双大靴子抵在那，去推动那台沉重的大割草机，我一点都不会感到尴尬。

不管维琪想做什么，她都行。

如果维琪想成为一个不那么顺从、更加出众的女孩，那么自信，没有什么能打倒她，那不是很酷吗？不知何故，她和不对的孩子混到一起。这就造成了一些紧张。维琪绷得很紧。一切都必须完美。就像有一次，维琪带来了一个不错的年轻人，丹，而她，黛比，给他们做了奶酪通心粉，但没有牛奶，因为她被菲尔，或者也许是克莱夫给冷落了，有些分心，有一两个星期没去商店了，所以她用草莓酸奶做了一顿，孩子们拒绝吃下去，她指出（只是说实话），他们一定是一对很有特权的人，让他们对眼前的东西嗤之以鼻。这顿饭在世界上百分之九十的地方，就他妈的是一场盛宴，听到这个脏字，丹（外科医生的儿子）脸色又青又红的，维琪开始结巴了，一直以来，维琪——这个她记得尤为清楚，这个细节太维琪了（超级自毁者）——都戴着那个像口琴架的牙托。和一个男孩就结束了！那到底是怎么回事？

所以，是啊：紧张。她俩关系紧张。越来越紧张。最后，维琪大四那年，使出了一个高超的释放紧张情绪的招数。逃家。开溜了。和那个小混混艾尔·福勒和他的豆芽表亲一块儿。几个月后，艾尔回来了，说他们把她留在了凤凰城，她就是个十足的婊子。

两礼拜后，来了张明信片："妈，我很好，别想找到我。"

后来就这样了。

那是三十二年前。

自那后杳无音讯。

飒飒。

但是你知道吗？实际上？她对此感觉良好。真的。她养大了一名独立的年轻女性。一位勇士公主。这个女人一门心思地扑在她想要的东西上，就连一句再见都懒得说。对自己的母亲说。够胆。了不起。因为要是维琪说了再见，黛比会试着让她打消这个念头。她爱极了这个孩子。她会这么说：行吧，看看，我同意，我自己就一团糟，这一辈子有那么多男人，我无法总是抽出身帮你的——管他是什么乱七八糟的——但是再给我一次机会，我会更加关注你和你的需求，而且彻底地否定我自己（那个总是向生活试着说是的人），并且尽我的所能（现在有解了！）开始向生活说不。并且假意十足地让自己倾入那种你更乐得见到的拘束模式（"完美的机器人母亲"），这样不管我做什么都无法挑战你分毫，或是让你从你那小小的拘束地带踏出一寸——

阿尔玛驻足在街对面。瞪着她。仿佛卡住了一般。

怎么着，丫头？你想干吗？是鞠个躬？打个招呼？还是挥挥手？

来嘛伙计。

不想挥回来吗，女王陛下？

不想？

行吧。

轮不到她来评判。评判谁都不行。任何时候都不行。评判就是主宰。将自己置于他人之上。她拒绝这样做。有些人会。许多人确实做了。

但她不会。

尽管如此，等阿尔玛翘辫子了，场面不也会很好笑吗？到时候，某某圣人会说：为什么那么刻薄？有什么可骄傲的？为何如此伪善？你难道不认为生活很美好吗？你的心去哪里了？为什么你要浪费你宝贵的生命企图去占有，控制，干涉？

而阿尔玛，刚刚死去的，会站在那里，目瞪口呆，说着：我现在意识到了。谁才是对的？黛比。谁才是错的？我，阿尔玛。接着他们会给她放映她的人生电影，阿尔玛会看到保罗就是条种狗，她会彻底地明白。

而她，黛比会不会就站在一旁，在天堂里，就这么看着，还喜滋滋地？不会，因为她会活过阿尔玛。

哈。

不。就说她死了吧。她会说：我生前就认识你。阿尔玛。你记得我吗？

上帝啊，黛比，嗨，我记得，阿尔玛会说。我真抱歉。

我总是对你恶意满满的。

没错,是啊。她会说。可我原谅你啦。

然后圣人某某便会上下打量,一脸钦佩地说:哇哦,哪怕她总是把你看作一团垃圾,你还一直这么泰然地面对她。

但是又开始了,你睡了我丈夫,阿尔玛会说。数不清。根据我刚看过的人生电影。甚至在医院里我生帕米的时候。

知道这个让你很惊讶吗?圣人某某会说,知道你丈夫这样?

是的,没错,阿尔玛说,我生活在一个自己强加给自己的盲目状态中,从不寻求真相。

那可太糟了,圣人某某说道,这下可有些不好的小九九在呢。你觉着哪一桩罪孽更大:通奸还是挡在真爱中间?

我不知道,阿尔玛说。

挡在真爱中间,圣人某某说。

可那是我的丈夫,阿尔玛会说。

好吧,婚姻不过是一项浅薄的文化传统,圣人某某说,至少我们上面是这么说的。

她睡了他一次又一次,阿尔玛说,丢死人了。就在我眼皮子底下。我从来就不知道。

可现在我还是上了天堂,黛比会说,想想吧。

哈。一切都清楚了。

有创意的念头,哇哦。

尤其是她的。

行吧，保罗值得更好的。比阿尔玛强。他可真是个甜心。你会感觉到，他作为条种狗，不过是顺着自己的天性而为。他在其中获得了无穷乐趣，事后又如此真诚地奉承你，从不在外头无视你，不像很多人；他见着你时眼睛放光有时甚至冲你眨个眼睛，而那时候阿尔玛就站他边上，这生出一种怪异的甘美滋味。因为阿尔玛（她不得不承认）总是拥有那种光华，在年纪更大的那群姑娘里，还有（哦，她可以给予她这么多肯定）她真的很漂亮。有一次，在某个后院派对上，保罗冲黛比抛了个媚眼，接着他俩就溜去了泳池边的一个棚子还是哪儿，完事后，他又和阿尔玛在一块儿了，她（就像她经常干的那样，哈哈）一脸担心，保罗的右手搭在了阿尔玛的屁股上，冲着她，黛比，抛了第二个媚眼。而阿尔玛因为屁股上的那只手变得神采飞扬，就好像这对她有什么意义一样。现在想起那副可悲的微小神采，黛比却生出一丝姐妹之情来，像是"男人就是猪猡，姐们儿你说是不是？"尽管在那时，她没这么多心思，因为她那阵刚刚被艾瑞克还是蔡斯给甩了，第二个媚眼（她捕捉到了，"那个婆娘根本猜不到我刚坐在氯片桶上时你有多淘气"）让她非常，非常高兴。

要是那家伙能开口的话就好了！她会说"我那么热切地爱你"，而且"爱你"两个字还用的法语。她要把这句话给写下来。写在她的轰狂乐记里。那些日子就是这样！你和某人睡了，然后把它写进你的轰狂乐记。

阿尔玛怎么会不知道呢？保罗是个多操蛋的男人？字面意义上真的是？她自己，琳达，米莉·K.，那个伊朗姑娘，波特姐妹俩，玛格·凯莉，艾芙琳·索德斯特罗姆。这些还只是她本人知道的！每个人都晓得。阿尔玛怎么会不知道呢！你在镇子里走一圈，就能撞上高个苍白的书呆子保罗从某栋房子里溜出来，或是带着某个姑娘（她，黛比，哈，罪名成立）在圣裘德后面飞快地来一发，嘴里讽刺地哼哼着"昆巴亚"灵歌。在几天后，他送了她一只镯子。是只漂亮的镯子，真的。她还留着。她本应该捐了的。捐给一家妇女庇护所。上帝啊。她那会儿怎么了？和一个结了婚的男人睡？就在教堂后面？

不，你猜怎么着？她爱过那个女人。赞颂那个女人。那个曾经的她：真实，率直，毫不多想。面对任何事。

不过纵身一跃。

有时候真令人沮丧啊！生在一个错误的时代！在未来，她非常确信，人们会更开放自由，想和谁做爱就和谁做爱，过集体生活，分担一切责任，要是你喜欢做饭打扫或是其他什么的，那你就去做，假使你更有创造力，觉得和别人一起混更真实，给他们的问题出出主意，抽点大麻更深入一些，那你就去做。没有人会拥有任何东西或是任何人。每个人会做他或她真正想要的事，没有人会说谁的闲话或是看低谁或是认为谁是荡妇，所有的房子都会是一模一样大小，要是有谁开始造点花哨的扩建，砰，每个人都会跑过来说，不行，你不可以，我们在这儿都是平等的，倘若有人因此大呼小叫，他们就会——行，会有某种议会。他们会公平地、系统性地把那个精英分子拉下来。拉到他们的级别。让她住进更小的房子里。作为忏悔。而那些选择了出主意和抽大麻的更明智的小团体或许能象征性地接管下压迫者的房子。只不过是暂时性的。还有她的丈夫。直到她真正悔过。倘若这个精英分子抵抗，拒绝真正悔过（正如他们更明智的小团体评判的那样），她可以在那间小得多的房子里待到服软为止。这时更明智的小团体聚集在外面，辱骂她，向她实施一种高尚的封锁，直到她饿得快死且——

这太不公平了。她爱保罗而保罗也爱她，但是她连一秒钟都没和他生活在同一屋檐下。后来他提出分手，每天她不得不在开车去前台上那个愚蠢的班的路上经过他家，望着那个难看的新扩建的部分造起来（越造越高），有时候能看到阿尔玛，双手抱胸站在窗框里，得意扬扬地抽着烟。

不过。

谁得胜了？谁开心？现在是谁开心呢？是阿尔玛吗？她看上去不开心。

她，黛比，才开心。

此刻是开开心心的，就像现在这样，起风了，乌云飘在操场上，她的左脚跟离了拖鞋：一切完美。

比赛，安排，对垒：黛比。

生活是残酷的，人们说。但不对。她不同意。生活是明智的。生活是有补偿的。你的一生挚爱分了手，很多年过去了，你的孩子逃家了，这几乎要了你的命，但后来，蛰伏下来，你被迫思量，看看你这辈子里有什么好事，有什么是最棒的，当你的答案是"保罗，保罗是我遇见过的最好的事情"，你又火速回到他身边，寻觅他，某种程度上把他勾引回来，回到你的身边，那你获得了什么？你这辈子最快乐的一年。在你们两人这一辈子里，他这么说的。"我从来没那么快乐过。是真的。"这是他的原话。所以她拥有这个。后来他死了。这就是她的命。

她根本无法在查森-温纳墓地的探访时间里现身，所以在几天之后她才偷偷来到墓前，差点哭瞎眼睛。后来阿尔玛来了。一如往常。**干扰者，阻断者**。开着那台可爱的红色福特千里马，是保罗刚买给她的。给她的生日礼物。哎哟。她，黛比，急匆匆地穿过小树林，毁了她那双全新的黑色高跟鞋，因为（谁知道呢？）那后头有一片泥沼，终于跌跌撞撞地跑出来，活脱脱一只失了魂的幽灵，在温蒂汉堡店，她点了杯奶昔，红褐色的烂泥糊满了她的烂鞋，那个拖地的孩子望着她，像是说：女士，你在温蒂汉堡店哭哭啼啼得太奇怪了。请离开，这样我就能把你的烂摊子清理干净了。

她不得不给还在上班的卡尔打电话，让他开车把她送回墓地去取回自己的"道奇飞镖"。

结束了。

她独身至今。

飒飒。

"老妈，天啊，你也挥挥手吧。"帕米说，"你在装傻呢。"

我不觉得我会。阿尔玛想。

"她不过就是个老太太。"帕米说，"为什么要伤她心呢？不管怎么说，我是这么想的。"

"那是因为你半点都不知道发生过什么狗屁。"阿尔玛说，"瞧瞧你。你都做过些什么？"

微风突然冷飕飕的，叶子在周围打转。

哦，好极了。现在帕米生气了。呜呼。帕米很敏感。娇滴滴的。谁知道是为什么。她总是公正地对待帕米-帕特。

哈。帕米-帕特。她差点忘记他们以前这么叫她了。帕米-帕特。梳着双马尾。一只辫子绑着粉红色的带子，另一只是黄色的。因为帕米-帕特就是喜欢这样。小帕米-帕特站在脚凳上，自信地指挥着扎辫子。她没有想到——她现在还能闻到那孩子的脑袋。有些甜甜的。苜蓿的气味。那股味道哪儿去了？那个自信的小姑娘哪儿去了——

有一回上二年级的帕米-帕特回到家问什么是笑柄。登徒子又是什么？这是谁说的？阿尔玛质问道。是谁在说这些污秽的谎话？她已经听到过一些风声，所以很强硬。帕米一个名字都不愿吐露。所以她让帕米单脚站了一阵子。后来帕米-帕特的嘴巴就干净了，用肥皂好好搓了一顿，因为不服从直接的——

圣凯斯宾教堂的钟声响了一次、两次、三次。

现在，雨来了。好极了。愚蠢的帕米。离家还有八个街区。她的膝盖痛得很。怎么办，帕米？你来背我吗？帕米的背不好。帕米没有背过任何狗屎。

小冰雹从人行道上弹了起来。

漂亮。

哎哟。不漂亮。

嘿！该死！什么——

"妈，我们最好快跑。"帕米说。

跑？你跑吧。我可不行，傻瓜，我不跑步已经有——

后来她还是跑起来了。算是。在帕米身后。上帝啊。她们现在跑步的模样太滑稽。冰雹砸在她身上就像被黄蜂蜇了似的。直冲下来的黄蜂。一块柠檬那么大的冰雹砸在她们跟前的人行道上，像块雪糕一样碎了。

好家伙，这要是砸到了个人会怎样？

帕米把自己的汗衫脱下来举在头上。举在阿尔玛的头上。老天，这个孩子。站在那里只穿着胸罩，光裸的粉胳膊举着。这样她老妈就不会被砸到了。头发上挂满了小小的冰雹珠子，活像老天主教徒拿的塑料小念珠——

她对帕米涌起一阵柔情。

有东西夹住了帕米的头，她头顶上出现了一个红色的小枝丫。帕米看上去吓坏了。吓得动弹不得。一棵树？在"奥伯尼克家"旁边。她把帕米推到树下。这样好些了。不，没有。冰雹穿过树枝直直地落下。折断的树枝一阵阵砸在"奥伯尼克家"的篱笆上：一，二，三四五。老天啊，她们得从这离开。又有一根树枝掉下来了，砸在她的肩上。嘿，痛死了，蠢货！就像卡尔·梅茨用锤子打她那次一样。

有人在唤她的名字。

在街对面。

冰雹在黛比的黑色雨伞上弹开，活像一个卡通人物犯愁时脑袋上汗水飞扬的样子。老保罗曾经给她看过一个这样的色情片。一部卡通色情片。后来被小保罗给发现了。那家伙可犯愁了，看着他老婆和一个大个子水手在一块儿或——

这不可能。让黛比帮忙不可能。或者，这行得通？或许行。或许不行。保罗太喜欢那个人。在那么多人里，他最喜欢她，和她处得最久，在和其他人结束后又回到她身边。这很耻辱。他决然和那个最垃圾最古怪的人处得最久，总是说她的好话，就好像他真的会——

老头。愚蠢的老头。恋爱中的老头。这老头子是那么开心，穿着裤衩，在电风扇前，把一切都和她说了，好像她应该也要开心，为他开心，为了——

她挥手让黛比走开。

我们不需要你。我们不会接受你。

她靠在"奥伯尼克家"的篱笆上。篱笆真脏。得有人粉刷一下了。

"老妈？"帕米问，血从她的脸上滑落，"你还好吧？老妈？"

她推开帕米。她无法呼吸了。一被推，帕米就让开。帕米就是这样。贴心但是软弱。没有反弹。你可以轻易把她推开。

篱笆向后仰去。地面出现了。哎哟哟。破篱笆。她要去告这群愚蠢的"奥伯——

她现在在地上，切断的自行车踏板在她的视线里显得巨大，蚂蚁沿着它爬行。篱笆还竖着。高高竖着。没有倒下。只有她倒了。她怎么会在该死的地上？

哦老天，她的心脏不对劲，她的——

圣凯斯宾教堂的钟声响了一次，两次，三次。

雨来了。真是个大麻烦。

她一整天都会被困在里面。

在派恩街对面,丹尼森家的向日葵在微风中弯折。阿尔玛和那个叫什么来着的女人驼着背站着,像一对女巨魔。巨魔妈妈和巨魔女儿,在巨魔镇上。在巨魔母亲节。多么美好。多么甜蜜。多么奇怪。

最后一声飒飒。

来了。

就让雨下吧!上帝啊,洪水滔天!带它来吧!没错!美极了!来自自然母亲的备注:我会是一位疯狂的女士。别激怒我,我能立马把派恩街变成一条河,堵住排水沟,射出(哇!咚!)一股乒乒乓乓的细小结晶,你们人类叫"冰雹"的东西,但是我,自然母亲,叫它"我的神迹展示",会伴随着我演奏的音乐回响或是反弹,他们会——哇,咚,该死!——从湿滑的黑色街道上弹起,弹到你腰那么高,落在卑微的人和——

核桃!

高尔夫球!

啧啧!

该死!

阿尔玛在那里怎么样?不太好。被猛砸了一顿。哈!去吧,孩子。这是一个教你做人的典范。试着用你的方式来解决这个问题,陛下。

不知道从哪里传来了游行的声音，那种遥远的鼓声，真奇怪，难道游行不是都被取消了吗？因为冰雹？那便不是游行；而是最大的冰雹砸在（哎哟哟！）"奥伯尼克家的聚会"，内利家垃圾筒上的声音，那垃圾筒——哦吼！——都翻了（像是被砸得不省人事），滚到派恩街上。

帕米，或卡米或其他什么名字，脱掉了她的衣服，在阿尔玛身上搭出个帐子。

在她母亲身上。

其实，这也挺贴心的。

哦，该死的钟声，等等，在这个混乱的地方，她一定有一——

她走进来，从架子上拿起爸爸的鸭嘴柄雨伞，走了出去。

因为她是谁啊？她是黛比。黛比是谁啊？黛比慷慨，一个慷慨的灵魂。她以这一点而闻名——她给予又给予，向别人伸出援手，不管别人对她有多坏，甚至像阿尔玛这样的刻薄人物，（是的，好吧，她承认）她常常希望阿尔玛死掉，这样她就有机会得到她爱的男人和真正的房子，以及所有你在这个世界上应得的东西，但是，不，她不再希望阿尔玛死了，因为她，黛比，是爱，是宽恕，是善良，是光明：哪里有需要，哪里就有黛比，这就是为什么她要做她接下来要做的——

她走出门，撑开伞，冲对面喊道。

等等。

等一会儿。

阿尔玛朝她挥手要她走开吗?

是的。我的天啊。你在开玩笑。想什么呢！真有种！还在当女王？乡下姑娘层次太低了？不配来接你这位女王陛下？

记着，阿尔玛。

好好上一课。

有的狗屎我可不会吃。

因为她，黛比，也是一个会让世界教训坏人的聪明人，而她就冷冷地站在一旁，看着/信任宇宙法则。

她回到屋里，甩上门，把雨伞往架子上一塞，回到了中间的屋子，妈妈和爸爸的老房间，气冲冲地把她的税单从文件柜里拿出来，她坐在那里徒劳无功地翻弄着表格，想到自己在做了一辈子大家的笑柄（随便睡、任人甩的情人，被抛弃的妈妈）之后，她终于（在最后关头）学会了为自己站起来，这真是太奇怪了（很美，真的，是一种从未寻求的神秘福祉）。

她在那里待了约莫十五分钟，气得冒烟，什么都没做，直到她听到第一辆救护车到来，她跃至窗前，心都提到嗓子眼了，看着他们甚至没有用上起搏器，就把床单拉到阿尔玛头上,把她装进去了。

黛比的思绪直往前冲,溅起了水花,然后就安静了。

阿尔玛抓住一块篱笆板。要把自己——把自己拉出去。摆脱困境。痛。现在发生了一些新的事情。她胸口的紧绷感更加严重。天哪。就像生小保罗时一样。然后,痛感加重,变成了和生帕米时一样,她用胸生出了比帕米更大的东西。

天啊,天啊。

啪嗒!如果她还能描述的话,她会这样描述的。

啪嗒!

现在有许多小生命来了。天哪,快回来。你不知道是该爱抚它们还是踢打它们。当它们紧紧盯着她时,她看到它们在说:小心,丫头,小心。

然后它们的老板来了:一个男人。

老保罗。

看起来是那么英俊。

"亲爱的,你终于醒了吗?"她说,"并爱上了对的人?那个认识你最久、最理解你的人?"

看着他,她看到答案是不。

还是不。

许多小生命凝结成了两个。一个男孩一个女孩。保罗轻拍他们的头,他们变成了婴儿。他们蜷缩着站在保罗身边。

对她投以厌恶的眼神。好像他在保护他们。防什么？防着她？去你的！这是他的错！他从未让我们成为一个家庭！

"现在你能接受我的样子了吗？"保罗问。

什么？真是胡说八道！你接受我这个样子怎么样？好好待我。像待妻子那样。一个真正的妻子。这要求太高吗？放弃所有其他人。只爱我一个人。你愿意吗？你愿意吗？

她看到这依然是一个不，且永远都是。

伤人。太伤人了。又一次。好吧，要是他想吵一架，她知道怎么吵。她喜欢。她可擅长了。她会让他付出代价。以她一直以来的方式。你会觉着他知道——

她低头看。她的双手在灼烧。烧得发红。

"这和他没关系。"那个女婴说，"你想要怎么样？"

这个小婴儿话怎么能说得那么好？她就像个小天才，穿着尿片的小天使。她是什么意思啊？问题全在他。都是他干的。把所有事搞砸。在保罗把她骗到手之前，她一直都是个挂着微笑的小可爱，在毕业日那天嗅着紫丁香，扬着毕业证书的一角。就是保罗。是保罗令她的双手成了这样。她抹了抹眼睛，把自己的头发烧着了。

没问题。

不疼。

没那么疼。

现在保罗不见了。两个婴儿看上去很失落。她要把他们抱起来。她朝男孩走去。他冲着她通红的双手瞪大了眼睛。他爬走了。她朝女孩走去。她也爬走了。就好像你在一个大风天里掉了一张纸，它像是生出了念头要让你捉不住。她站着一动不动。婴儿们爬回来了。他们要她。但是她的手出了问题。她朝男孩走去，爬走了。她朝女孩走去，爬走了。

又一次。

再一次。

像是反复了一百年。

出现了一个树桩。就在某一刻。

至少她有地方坐了。

她坐下，试着把事情弄清楚。

看来是要她承认自己错了。但是她没错。要是她错了，那就没对的了。

或许她可以假装一下。

"好吧，好吧。"她大声说，"我错了。一直以来。都错了。"

手还是滚烫。

树桩开始升高，把她升高到婴儿上方。接着：一阵可怕的犬吠——咯咯作响。其他的活物回来了。长着又大又老的牙齿。

它们来了，犹如在广阔平原上游荡的鬣狗。

真正的噬婴怪物。

上帝，来得真快。她得把婴儿们抱起来。她的手往下探，抓住男孩，把他的小胳膊烤焦了。

要怎么办，要怎么办，要怎么才能让她的手冷却下来？

"是谁的错？"女婴问。

"他的！"阿尔玛尖叫道，"他的，他的，他的！"

胳膊的灼热上升到了肘部。大浑蛋！不管是谁让她变得不能撒谎的，现在就是这人因为她不愿意撒谎把她整来整去。

鬣狗们正在逼近，露出挂着血肉的黄牙。

"谁的？"那个女婴问，"是谁的错？"

"我不知道。"她绝望地哭喊，"对不起，对不起，我真的不知道！是我的吗？我的错？"

"不。"女婴说。

什么鬼？好吧，别管孩子了，她要留着这双滚烫的手。她就是这样的人。没有人可以责怪她。只要她还是阿尔玛，她就会生气。她有这个权利。她想生气吗？不，她想做的是她自己，更年轻的自己。她，不生气的她。她，还没有生气的她。遇见保罗之前。闻着紫丁香花的芬芳，挥舞着那张毕业证书。不，甚至比那更早：她还那么年轻，还什么都不想要，什么都不喜欢，什么都不讨厌。不，还要早：在她甚至是阿尔玛之前，因为阿尔玛总是会找到保罗，爱上保罗，而保罗永远都是保罗。

她想到了，然后就发生了：当她停止做阿尔玛时，它们就会修复。

她的双臂双手凉下来了，变得苍白，无比正常。

她伸出手，把婴儿们一把捞起。

"你想要做谁？"女婴在她耳畔耳语道，这时树桩升到高高的安全地带，不再受到底下吠叫鬣狗的侵扰。

这就像在阿尔卑斯山顶上那辆小木车里等待一样，无法相信即将发生的事情即将发生，接着，甚至在你想，上帝，哦，天啊，这不可能——

"这都没有人会难过。"那个叫亨利的急救员对那个名叫克莱尔的急救员说。

这真无礼，克莱尔想。但是，实际上，不，这很好：女儿没有听到，她正靠着一棵树在嘤嘤哭泣。

艾略特·斯宾塞

今天会是 部位 我的部位

当然，杰 请 在念出我们**"值得知晓的单词"**清单上的名字时指着我的部位。

老年斑

手指

手腕

指着手腕，杰说道：这个被打折了，看上去是。

接着戳戳。

疼吧？他问。

是的，我说。

腹股沟

腰

你不是什么童子鸡，杰瑞说。

我不明白你刚刚说的，请解释，我说。

你不年轻了，杰瑞说，你的身体不是一个年轻人的身体。

哦，那很酷，我说，那很酷，杰。

杰用他特有的方式摇摇头　意为：89，你可真是让我把屁股都笑开花了。

很久之前，可能在一个礼拜前，我们进行过**解释时间**，由于修辞手法我的屁股笑开花　所有屁股都预先开花了，结果，就连我的也是，杰因此帮我拍了张手机照好让我学习。

手臂

腿

肚脐

伤疤，在**胃**上

阴茎

一整个早上我们持续地学呀学呀直到我没有部位落下。

而在晚上，整个晚上都有一卷磁带在这里播放，帮助强化我们的**句法**。

我们做过咆哮了吗？杰问。

发出响亮的骇人声音。

现在你来，杰说。

我咆哮。

所以，我们要对着什么咆哮呢？杰发问，任何站在我们对面的人。

任何站在我们对面的人，我说。

尽情咆哮出单词或短语，他说。

你好！我咆哮道。

你总是擅长一切，89，他说。

接着向我倾泻而来的——如此慷慨，通过把它们说出口——是一些我想要咆哮的单词：

杂种

渣滓

怪胎

白痴

我们能进行**定义**吗？我问。

呃，当然，杰说。

事实证明，这些都是一个意思：

杂种 = 站在我们对面的个体。

渣滓 = 站在我们对面的个体。

怪胎 = 站在我们对面的个体。

白痴 = 站在我们对面的个体。

89，一直以来我都叫你89，杰说，但是明天你就要成为格雷格了。怎么样？

我是格雷格？我问道。

会是，杰说，明天。因为明天你猜怎么着？是**任务1日**。

激动！ 等**任务1日**很久啦 **任务1** 据杰说 是：无上崇高卓绝的 据杰说： 我将会站在自由一方 站在穷人与病人一方 将会保护弱者 抵御压迫者。

更多定义，在**随手图**的帮助下：

自由＝在陆地上空飞翔的卡通小鸟，喙边挂着微笑。

穷人＝难过的孩子，裤子的兜翻在外面。

病人＝卧床的瘦子，眼睛画着叉。

弱者＝沙漠里的人，试着去够水杯，失败了。

压迫者＝长着怪兽脸的高个子把棍子一根根插在弱者身上，在**随手图**的四联画里，每被戳一下就变弱一分的弱者。

为什么压迫者想要戳弱者？我问。

他们是坏人，杰说，必须制止。

通过做那件事，我说道。

对喽，杰说，你是解决方案的一个重要部分。

重中之重！ 正如杰会说的。

直到现在，我从未感觉到做我自己是如此有价值。

任务1日！

公共汽车，杰说，同袍。

同袍＝在公共汽车上的众多新人　都和我一样，穿绿色。

轰隆隆，我们动身了。

你们自己说说话，杰说。

我们说话　我们说了话　我们各自说了我们的名字　我说了自己叫格雷格　那个人是莱瑞　那个人是文森　那个也是　还有那个　还有那个　这个人叫格雷格跟我一样　那个人也是　还有那个，也是格雷格　还有一个格雷格，在前门旁边　这里有个康纳　一共七个康纳　八个威廉　都开开心心的　除了杰。

杰在通电话：嗨，名字起得不错，罗贝塔。就交给你这么一个该死的任务。

胡说，我说，胡说八道。

你猜怎么着，89，杰轻柔　地　说道，你比其他任何傻帽说得都好。

确实：我的同袍说起话小儿科，有些低级　地。

因为有你，杰，我说。

轰隆声停止。

准备好了吧，伙计们？杰问道，到下面去？

求之不得，我说。

杰和其他同级的**监理员**领着我们　向：树　但是有些不

对劲：我们的树，在我们的**随手图**上，有松鼠　这些树附近一只松鼠都没有！　他们最好修修我们的**随手图**！

监理员说，把绿衣服脱下来　叠起来并离开这儿　然后给我们新的　各种颜色　我十分害羞地望着赤身裸体的我们　之前我们见到自己的阴茎，腹股沟，肚皮　都只是在我们自己**勇士屋**的镜子里　我们迅速　地　穿好衣服　跟着杰和**监理员**下了　山　白色的小花在我们面前晃动　哎呀，我还没有走过这么远

哦，从未！

他们在那里，杰说。

啊是啊　那里有那么多**杂种，渣滓，怪胎，白痴**　站在我们对面　在他们和我们之间：长长的洼地我愿意称之为：河　尽管里面灌的不是水而是看上去很紧张的**警察**。

作为第一个咆哮的人我感到害羞但是我很爱杰我便咆哮了。

其他人加入　格雷格们，康纳们，威廉们，文森们　都加入　咆哮到我们的喉咙真的发疼。

杂种渣滓怪胎白痴！一个康纳咆哮道。

多么富有创意的方式　他一下子咆哮了他们所有人

我们难道不是站在病人和穷人一方，会保护弱者对抗压迫者吗！　靠冲着这些**杂种渣滓怪胎白痴**咆哮！　隔着这条约莫是**警察**的河！　哦小白花在脚下　哦在每五棵树顶上，

有鸟儿　有时会掉下一根小树枝　仿佛是被唱下来的　被鸟儿。

干得漂亮，杰在公共汽车上说道，干得真漂亮，你们每个人。

取回绿衣服并重新着装。

准备好了，杰说。

接下来是**根汁啤酒**　我从来没有　我们所有人都没有　瞬间爱上了**根汁啤酒**并且想要再来一瓶　我们可以吗？　我们可以。

回家的一路上，弥漫着**根汁啤酒**的暖意欢乐。

杰上下打量　眨了眨眼：　89，你做得很好。

这自然会让人心里好受。

勇士屋有内部通话问题　会传出一阵噼啪声　然后所有在**勇士屋**里的人会清楚地听到谁在外头讲话，而他们，在外面讲话的人，不知道这一点。

比如有一次，很久之前，上一周，肯尼迪·B.和男友凯文讲电话：

我购物，我做饭，肯尼迪·B.说，而且我真的有个任务必须，嗯，去做？

梅格和我还有杰都在**勇士屋**，梅格朝杰使了个眼色：哈，我们听到肯尼迪·B.在打电话，可她不知道。　接着手指抵在嘴唇上，表示：要是我们保持安静，能听到更多。

那不是工作，凯文，肯尼迪·B.说道，我觉得遛不遛吉夫斯都不是真正的工作。当有人因为你给它铲屎而给你寄支票，那才是工作。在我看来。

我们也许应该把那东西修好，梅格说。

哦，上帝啊，肯尼迪·B.说道，那个开着吗？你们都能听到我？

没，杰说。

我没在和你说话，宝贝，肯尼迪·B.说道，我在和杰瑞、梅格说话。

今天，我独自一人在**勇士屋**，传来了同样的噼啪声：

这我就不明白了，梅格说，为什么他需要老年斑？为什么要预先开花？啊？太浪费了。他不需要知道多少，够我们把他这尊老屁股搬来搬去就行。我们是在这里做管家吗？给寡妇换老公？我们又回到过去了？

我倒是想，肯尼迪·B.悲伤　地　说道。

真的吗？杰问，这倒能让我划船不用桨。这坨狗屎越来越无趣了。

管家？　老公？　寡妇？　船？　桨？　狗屎？

我不明白你们刚才说的话，请解释，　我说。

89，我们刚才说的你都听到了？杰问。

是的，我说。

去睡觉，89，梅格说，明天是大日子。

明天是**任务**2日，杰说，你被准许参加**任务**2。

鉴于你在**任务**1里的优秀表现，梅格说，难道这不棒吗?

你真是渐入佳境，89，肯尼迪·B.说道。

任务2:

又是公共汽车。

来到一个全新的**地点**。

有几位女士　从另外一部公共汽车里　下来　因为她们要在遮布后面换衣服　我们的**监理员**会将这个称为: 寒酸的遮布　疯狂地眨着眼睛　女士们穿着绿色进去，出来时　穿了各种各样的衣服　有个人一只脚没能穿上鞋子就笑笑　摇摇头，摆弄鞋子　把另一只脚的脱了，摆弄着　像是在说，哦见鬼，谁咆哮还要鞋子啊?

我们男人进入寒酸的遮布　那里闻上去依然有女士　的　气息　这里堆满了女士们的绿衣服　都冻死了，我们眼前一阵发黑　别吵了，杰说，警戒　的。

继续做梦，**监理员**马蒂说。

就像那件事发生时一样，杰说。

然后朝我们怀里塞了一捆新衣服。

今天我穿: 白色毛衣　蓝色裤子　褐色软帽。

透过我们同袍上下晃动的脑袋看见了：游乐场 就像它在**随手图**里一样 只不过 又是一张不对的**随手图**！ 这个游乐场里没有追着蝴蝶的孩子！ 只有**警察** 不开心，站在那里 一个坐在秋千上 他的**警察**朋友用棍子戳了他一下 让他跳了起来 他的秋千荡起来时 跳起来的他直直地看向我 我试着朝他眨了眨眼睛。

不管用。

那个**警察**肯定不想眨眼。

在**警察**后面：一大群**杂种渣滓怪胎白痴**。

我们咆哮 我们发出的声音多么响亮！ 后来发生一些事情 其中一个**杂种渣滓怪胎白痴**突然出现在这儿 在我们 中间！ 咆哮着！ 冲着我们！ 离我很近以至于我能看到他嘴上的疮 最安静的格雷格给了他一耳光 他回抽了安静格雷格一耳光 我们最大的文森 迎面给了这个**杂种渣滓怪胎白痴**一拳 **杂种渣滓怪胎白痴**倒下了 不再咆哮 只能捂着脸 懦弱地躲避着 几个威廉，一个苗条的康纳，三个文森狠狠地围住 他 他们的腿脚开始动弹。

说到这个 这个一定很

我退开 用力呼吸着 这里有一间卫生间小屋 闻上去就是那个味道 我坐在里面靠着其中一堵墙 心胡乱地狂跳 在**任务**期间短暂休息一下行吗？

但愿如此。

杰来了。

你他妈在这里干什么，89？他问，老天，过来。

格雷格，我说。

格雷格，没错，行啊，管你叫啥，杰说。

我被杰拽着走过喷泉 它还在喷水 尽管没人从里面取水喝 我们经过三棵幼小的树，它们被线拉在地上 我被亲爱的杰推了回去，带着我的

呦老弟。

我的康纳们格雷格们文思们我的

好老兄杰。

奖励，杰。

回家路上我没有**根汁啤酒**作为感谢。

因为哭。

我知道哭 只不过我以前从来没做过。

我哭了又哭。

杰，温柔地，凑近我：你在做什么，89，为什么你在哭？

我：我不知道，对不起，对不起。

杰：停。你需要停下来。你看到这部公共汽车里还有其他人在哭吗？

没有，我说。

踢人的康纳还有踢人的威廉们还有又踢又打的文森们正在开心地喝着**根汁啤酒**。

拿着这个，杰说。

给了我一小片白色的

杰你总是在我身后杰　谢谢你杰　你不想让我的同袍看到我哭　我也不想我的同袍看到我哭。

吃吧，他说，吃吧，傻瓜。你不能就这么举着。这是个药片。吃了它。

短短几秒后我感觉不到悲伤了　丁点儿也没有　尽管脸上还湿漉漉的，我感觉相当　该死的相当好　还困了　该死的相当好该死的相当困。

要是垂下头，左眼望向窗外：

夜间的农场飞驰而过。

为什么夜间所有农场的窗都是橙色的？是一个要去思考的有趣谜题，当睡意向你

一定是晚上了，因为暖气开了。

想把汗滋滋的绿衣服脱了。

就这么做。

又开始哭　为什么又在哭了？　又踢又踢又打　那该死的

痛殴。

这个词跃入了我的

就啪的一下。

就啪的一下，我知道了痛殴是：踢呀踢呀打呀　在小巷里。

什么鬼？就如杰会说的　那是从哪儿来的？

就啪的一下我知道了小巷是：露天的黑色湿润地面，身后传来了音乐：

汤姆的炫目绿洲。

音乐　哈！　汤姆的炫目绿洲　哈哈！

痛殴发生在了谁身上？　谁？　传出音乐的汤姆的炫目绿洲后面的小巷里的痛殴发生在谁身上？

是我，我说，格雷格。

不。我说。

89？我说。

不，我说。

寂静　**勇士屋**一如往常　嗡嗡噼啪嘀嗒　接着传来一声某种材料掉下桌子的声音　尽管没有东西掉下去。

艾略特·斯宾塞，我说。

嗡嗡噼啪嘀嗒　嗡嗡噼啪嘀嗒。

艾略特·斯宾塞，艾略特·斯宾塞，我说。

杰进来了　托着早饭。

89，上帝啊，穿点衣服，他说。

艾略特·斯宾塞，我说。

杰掉落了早饭。

梅格和肯尼迪·B.过来了。

你没犯事儿，89，梅格说。

但愿如此，我说。

这里闻起来有**橙汁**的味道，肯尼迪·B.说。

可艾略特·斯宾塞是谁呢？梅格问。

我，我说道，以前是。以前是我。

以前是什么时候？肯尼迪·B.问，以前什么时候是你？

之前，我说。

杰：眼睛瞪大　指节在桌上敲了一下两下三下。

之前什么时候？肯尼迪·B.问。

在我来这里之前，我说，在面包车里。

啊，梅格说。

你之前也在那里，我对杰说道。

望着杰的脸：要是他还托着早餐，可能又要摔掉一次。

在梅格的指示下，我们急匆匆地给我重新做了**刮除测试**。

杰跟我说了几句话　我知道它们吗，还是说完全想不起来了：

斯克内克塔迪　不

科尔曼街大桥　不

巴里·诺克斯牧师　不

好了，杰，干净了。

我不确定。梅格说,吓死我了。名字? 面包车? 吓死我了。

我们需要四十个人,杰说,我们有四十人吗?

梅格说,我们有三十个,算上58和31。

不要算58和31,肯尼迪·B.说。

58连最简单的指令也接不住,梅格说。

上帝保佑别有人去问31任何该死的问题,肯尼迪·B.说。

梅格:这事或许别在那谁面前干。

她说的那谁就是我。

89没问题,杰说,是吧,89?

但愿如此,我说。

我确实 但愿我没问题 为了杰 好老兄杰! 奖励,杰 他每天早上都把自己的家人远远抛在伯伯利物业 桑迪,瑞安,小杰瑞,弗林特宝宝 他们每天晚上等待你回去 就像每天早上我等待你回来 杰在早些时候 那时我的脑子一片空白我只能说吧啦吧啦 他在**勇士屋**里用那坚定耐心的嗓音逐词逐句地教我 有时他呼出带有通心粉的气息。

伙伴的意思是朋友。

谁是我的一位也是唯一的伙伴,朋友,在这个世上,迄今为止?

杰,也只有杰。

今天是:**任务3** 据杰说: 真正的大事件。

真正的大事件＝比所有站在穷人与病人一方，保护弱者对抗压迫者的规模还要大。

任务3地点位于一片荒草野地　据杰说，印第安人曾　经在那里出击，从山上，哇啦哇啦大吼着疾驰而下，经过这里。

那上面，现在是（从印第安人很久以前出击的地方下来）：**火焰烤鸡**。

我可以去那里来点那个，**监理员**马蒂说。

杂种渣滓怪胎白痴到达了前所未有的数量　杰很紧张　马蒂很紧张　所有的**监理员**都很紧张　**警察**很紧张。

喂，检查下这个，马蒂说，该死的那是不是一枚箭头？

弯腰拾起。

嗯，平平无奇的臭石头，马蒂说。

朝电线杆一丢。

啊哦，杰说

突然间两个**杂种渣滓怪胎白痴**　手拉着手一道　猛地穿过**警察**　扎进我们　来到我们之间。

长头发的文森出拳　他和两个康纳出脚　一个短头发的文森踹了一脚　很快一群人围上了这两个倒地被又打又踹的家伙　又另外来了几个营救他们　更多的格雷格和文森和康纳冲上前　很快他们的营救者也需要营救了　其中一个来营救的男人是个真正的战士　对他来说真是不幸　为了制住

他 打了好几拳踢了好几脚 很快他再也站不起来 打不动了 一动 不动了。

几个正在休息的**火焰烤鸡**家伙低头望向我们，手放在头上，就好像他们觉得我们的战斗很了不起一样。

真是个烂摊子，杰说。

呀，糟糕，照相机，马蒂说。

从曾经印第安人的山上冲下来：一串男 女 带着，我猜，照相机？ 他们的照相机跟我们**随手图**里的照相机不一样 我们的照相机由一位 微笑的老祖母举着对着大峡谷里的驼鹿。

为什么是他们都来这里，然后我们揍他们？杰问道，我们为什么不能抽几个人到那里去，然后他们把我们揍一顿？

问得好，马蒂说。

纵观全世界，全国，无论如何，现在谁看上去是坏蛋？杰问。

我们啊。马蒂说。

长头发的文森从混战中晃了出来。

杰：文森，嘿，老兄。有没有兴趣来个挑战？有趣的挑战？

文森疲惫地瘫坐下来 低头看着一只红彤彤的手 就像一只红色的手套。

245

可怜的杰　我的伙伴　今天高兴地醒来　但是不 **任务3**，真正的大事件　现在成了个烂摊子　我难过的伙伴　为了这一切做了那么多　还有令他心事重重的家事　比如：桑迪快要离开他这个差劲的地方　而特伦斯，她工作上遇到新时代的傻子　除非杰能即刻缩短工作时长。

我找好位置，这样杰的目光就能找到我。

89！杰说，格雷格！

杰凑近，声音轻柔下来。

我需要你帮我个大忙，89，杰说，你愿意吗？为了**任务**？为了我？为了梅格？为了肯尼迪·B.？

为了你，我说。

我走上前　在两名**警察**中间

那个老屁眼觉得自己在往哪里去？其中一个叫道。

在这呢！我说。

接着我来到了**杂种渣滓怪胎白痴**中间　咆哮着**杂种，渣滓，怪胎**，咆哮着**白痴**。

一个个头转过来　眼神露出：为什么那么粗鲁？

接着拳头砸过来　我刚被狠狠击中倒下：踢打　哎哟　哎哟　每一件事都按计划进行　杰，请看　请看我的**痛殴**　这顿痛殴开始让我想起　很久之前　其他的痛殴

比如：

艾略特·斯宾塞，在桥下　啪的一下，他的钱　回收那一大堆废品得来的钱　都没了　谁　拿走的？格拉迪！格拉迪带了酒来　喝完酒，格拉迪举起块石头　眨了眨眼　后来：喂　他妈的，格拉迪　你拿走我该死的

睡了过去，屁股下面硌着石头　哎哟脑袋疼　哎哟醉得厉害，睡过了一整场暴风雨　每个人都和我不对付　总是　我这一辈子　不公平啊　不是我的错　明天最好再问萨尔借点钞票，要是我能骗过那个蠢婊子　早上哎哟脑袋疼　从雨里湿漉漉地醒过来　拉屎的地方在老桥附近　哦，求求了，给我酒

拳打脚踢持续着哎哟哎哟　来

记忆中：从讨厌鬼特雷和他的炮友，伦恩　到瑞德，西尔维娅的男友　到三个有钱小孩和他们的短裙妞　其中一个还给我倒酒：（喝吧，她醉醺醺　地　说道，喝一杯呀，酒鬼　其余几个短裙妞笑啊笑啊笑啊。）

拳打脚踢让我痛得哎哟哎哟叫个不停　在现实中：拥挤的人群念诵着**杂种渣滓怪胎白痴**。

哎哟哎哟哎哟。

透过我的指间我瞧见了杰红色的身影　他正推着一个拿着照相机的家伙凑近，所以照相机能够看见并展示　那些需要被看见的以及　我猜　被展示的东西？

然后是劈头盖脸的现实的痛殴我把头埋下去眼睛闭起

来手捂起耳朵这样便听不见一点砰砰声、噼啪声和哎哟了。

干得不错，老兄，杰说道。

但愿如此，我说。

睁开了那只还能睁开的眼睛。

我不在**勇士屋** 根本不在 猫咪一跃跳上了花哨的书堆。

正如你注意到的，89，梅格说，这里不是**勇士屋**。

这只猫？肯尼迪·B.说道，是你的猫。

这些照片，在书架上的呢？梅格说，是你，年轻的时候。

就是你，你年轻的时候。肯尼迪·B.说。

这是租的房子，我们租的，杰说。

用**融脸**造了这些照片。梅格说。

我喜欢这张，肯尼迪·B.说，想到能去打猎，你看起来很高兴。

和你儿子一起，梅格说。

小格雷格，杰说。

这就像是一场游戏。梅格说，我们在玩，自始至终，你这一辈子，这里就是你的家。格雷格的家。酷吧？

89，我们学过酒鬼吧？杰问。

杰用**随手图**展示了酒鬼：一个戴着一顶破烂大礼帽的家

伙，眼睛画成叉，双颊通红，躺在电线杆下，一个头戴不破烂大礼帽的光鲜男人从他身上跨过，捂着鼻子。

所以，我就直说了？杰说，那人就是你。你的大半人生。有大把时间在河边喝得烂醉如泥。没小孩，没老婆，十五年没上过班。进进出出监狱。老酒鬼了。恶心的酗酒者。

谁想当那种家伙？梅格问，你明白我的意思？我是说，大解脱。

彻底解脱，肯尼迪·B.说。

好一场胜利啊，不管怎样，你说是不是，现在想想？杰说，一无是处的老酒鬼，这辈子里，做了许多悔恨的事情，成了所有人的累赘？现在，到了这场游戏的最后，有个机会能开始做些相当美妙的事情了？

甚至是在国家层面上？肯尼迪·B.说。

你知道全国有多少人在那天看着你被打屁股？梅格问。

两百万。肯尼迪·B.说，截至中午。

两百万人，重新审视我们的事业。梅格说，真是好福气。对于我们的运动来说。

我们为之工作，肯尼迪·B.说。

我们与之签订契约，杰说。

我们对此深信不疑，梅格说。

无论如何，肯尼迪·B.说。

继续向任务4进发，肯尼迪·B.说。

我瞪大了眼。

哦，小可怜儿，不。肯尼迪·B.说，再也没有斗争了。你已经都完成了。

任务 4 打算就让你躺着这儿，梅格说，像你现在这样。

坐起来，要有可能的话，肯尼迪·B.说。

和一位对你和你的生活心怀好奇的好心女士聊聊，梅格说。

你作为格雷格的生活，杰说。

你是格雷格，会继续当格雷格，一个简单善良的老家伙，从本地社区大学数学老师的岗位退下来，眼睁睁地看着你的国家走向彻底错误的道路而愈加悲伤。作为某种晚年的爱好或是企图回报这个给予你一切的美好国度，你开始积极参与政治，相应地，感觉到并依然感觉到自己不得不加入这些抗议，就为了让你的感受为大家所知，肯尼迪·B.说。

我们可能想更简单点，杰说。

如果我碰碰我的帽子，就装恶心，梅格说，表现出不好意思，站起来，去卫生间。

肯尼迪·B.说：他知道卫生间在哪里吗？

我到时候会戴着帽子，梅格对我说，到时。在那个时候。

肯尼迪·B.说：他还能走路吗？

杰说：KTOD 十点就到了。所以。

我们的**准备**很快就设置好了　我甚至还有了浴袍。

敲门声传来。

他累极了，梅格对进来的一位女士说道　她身后是第二位女士　拿着照相机。

我们还是得说得简短些，杰说。

他挨了一顿狠狠的打，梅格说。

正如你看到的，肯尼迪·B.说。

正如我们所有人看到的，杰说。

正如全世界看到的。梅格说，善良的老家伙，不过就试着要为自己的观点发声，他的发言自由却遭到了否定？

什么世道？肯尼迪·B.问。

就是错了，梅格说。

女士：你们这些人是？

侄女，梅格说。

我也是侄女，肯尼迪·B.说。

侄子，杰说。

光投到我脸上。

一闪一闪。

女士给了我一个带有爱意的眼神　她的声音转变为平缓且富有同情的声线。

告诉我，格雷格。她说道，为什么，到了你这个年纪，会觉得自己不得不参与抗议呢?你本可以舒舒服服地坐在这个温馨的小房子里,享受你的退休时光,或是种种花,要是你喜欢种花的话,好像很多老人都喜欢?不是年龄歧视啊?或是打打牌,在电视机里看看老电影?

我关心这个国家,我说。

(正如**准备**的。)

杰和梅格还有肯尼迪·B.望向我,似在说:是的,是的,我们叔叔,说得真好。

我相信我应该能够陈述我的那些观点,尽管我老了,我说。

确实,肯尼迪·B.说。

说得真谦虚,梅格说。

还记得那时候他匿名给我交了大学学费吗?肯尼迪·B.说。

那时候他把自己的别克车捐给了公园区?梅格说,匿名地?

严肃地说,在某种程度上是个大转变,那位女士道,有传言说,出现了一批秘密队伍,他们可以说是,被洗脑了,有点像僵尸?个人精神上是空白的,然后经过重新编程——可以说是人型机器人——出于宣传目的,他们大批到达,甚至用公共汽车运来?

沉默。

你刚才说的我不理解，请做解释，我说。

他很容易就犯糊涂。梅格说，这些日子里。在他这个岁数。

在他更年轻些的时候呢？杰说，从不犯糊涂。可利落了。

就是个利落的叔叔，肯尼迪·B.说。

我们的叔叔，梅格说。

可能也不是那顿该死的痛殴造成的，肯尼迪·B.说。

那你，格雷格，在你最清晰的回忆里，可曾接受过任何诸如此类的训练或是编程呢？那位女士问道，你能否说出，比如你的出生地？

梅格碰了碰她的帽子。

特别的高中记忆？那位女士问道，你小时候观看过的一次演出？你是谁，格雷格？你自己到底，信仰什么呢？

自由。我说，为了穷人和病人。并且要保护弱者对抗压迫者。

哈，哦好小子。那位女士说，这可真丰富。保护弱者？艾伦镇，宾夕法尼亚，格雷格：想起来了吗？那里有些工会组织者在一个小商场里闹出了几件暴力事件？加莱纳，伊利诺伊州，去年7月，一群手无寸铁的中学教师在那里遭遇过什么悲剧？

梅格碰了碰她的帽子，又清了清嗓子。

你姓什么，格雷格？那位女士问，你到底知不知道？登月大概是哪一年？克利夫兰的足球队叫什么？这所房子怎么会在三天前才租出去？为什么在你们这伙人念诵时，总是念诵同样的四个词？

梅格清了清嗓子，瞪大眼睛，碰了碰帽子。

杂种，渣滓，怪胎，白痴，那位女士说道。

我站起身，打了声招呼，去了卫生间。

你管自己叫记者？肯尼迪·B.说。

你管自己叫个人？那位女士说。

我在卫生间里一直待到两位女士，照相机，离开。

猫咪在浴缸里　快活地蜷缩着　为什么哦为什么我不能像它一样？　不困惑　只是蜷缩着　我的浴缸令我发出更响的呼噜声。

杰进来　关上门　靠在门上。

好啦，可真不走运。杰说，那位女士？珍妮特·阿德摩尔。KTOD 新闻二人组？臭不可闻。活脱脱的暴脾气。有些偏见。对这个世界看法古怪。有点像骗子。

可笑的是坏事传千里，你知道吧？但是我得承认，我们陷入困境了。还有，恕我冒犯：你做了个狗屎采访，老兄。

你刚才说的我不理解，请做解释，我说。

门猛地打开　梅格和肯尼迪·B.挤了进来　杰跨进浴缸，神色略带惊讶。

猫咪跑了出去。

杰，KZIP电话来个不停。梅格说，KDUC把车就停在了这条该死的街上。就在黄色面包车里。地方法官就在上面。

你刚才说的我不理解，请做解释，我说。

你知道不，89？梅格说，接下来你不要再说这话了。你这样快要把我逼疯了。

梅格压力太大了，杰说。

我们压力都很大，肯尼迪·B.说。

和普遍看法正相反，我不是那种铁石心肠的婊子，梅格说。

我从来没说过你是个铁石心肠的婊子。肯尼迪·B.说，我说过你有时候会是一位相当好相处的女士。

格里姆在过来的路上了。梅格说，带着随身设备。怎么样？完全奏效：我们**重新刮除**。按照QAPP的说法。我们很久之前就该那么做了。这是脑损伤。我们就这么说。对谁都都这么说。是因为殴打。想想？双赢。那之后，89被打趴了失去意识。无法说话。一点也不行。谁干的？他们呀。他们干的。把这个善良的老家伙揍得那么狠，让他彻底失去了意识。他们还叫自己是正义之士？就这么说。

真遗憾。杰说，白白浪费了一年。

得经过他的同意，肯尼迪·B.轻轻　地　说道　手

里　向梅格递过了一页纸。

你难过吗，老兄，你害怕吗，你知道接下来要发生什么吗？杰问。

我不知道什么时候该是感情细腻的时候。梅格说，但不是现在。

狗屎汇成涓涓溪流让我们寸步难行啊，肯尼迪·B.说。

啪的一下　我听到她说的溪流　我知道　溪流：是不是　是不是　在那个的边缘我们　会建造坡　雪做的　雪坡　要是跳下去就糟了？男孩还有雪橇跌进了溪流里　男孩必须跑回家，裤子结了冰，拖着雪橇　每迈出冰冷的一步裤子上的冰结越多　穿过冰蓝色的冬日小镇　朝家里亲爱的

妈妈，我想。

接着能清楚地看见她：头发粘着面粉　嘴巴张得圆圆的　因为见到了那条冰裤子　我把它留在了门口　在一只大口袋上，摊开　来的是凶婆娘　我们的狗！嗅着我的冰裤子　我已经没穿着了　现在摊在那只大口袋上　形状是个男孩跳舞的模样　一只腿弯着。

杰靠在台盆边　用自己的背当桌子　梅格把纸页放在杰的背桌上　朝我递过来笔。

所以89，这将会是你的CF-201B。梅格说。你的CF-201A的附录。你已经签署的那份。高兴地。欣然地。早先签署的。

你第一次加入我们的时候，肯尼迪·B.说。

加入我们的团队，梅格说。

不痛的，89，肯尼迪·B.说，还记得不？就是用磁还有别的什么。

他怎么会记得那个，蠢货？梅格说。

实际上他看起来记得许多呢，肯尼迪·B.说。

要是我对你说过假话，89，实际上我没有吧？杰说，或是骗过你？或是隐瞒或是不当传递某些信息？这都是为了你好。为了让你的生活更好。

杰，你为什么现在要讲这个？梅格说。

有时候，为了做好事，过程中总有几步必须要把善意暂时搁到一边或是视而不见，杰说。

好嘞。梅格说，不错的会议。

自己画叉吧，89，杰说。

或许我们现在至少能从这个愚蠢的小卫生间里出去，肯尼迪·B.说。

我爱死这个主意了，梅格说。

卡罗尔，我说。

那是什么，89？杰说。

卡罗尔·斯宾塞，我说，卡罗尔·K.斯宾塞。

啊，见鬼。梅格说，好极了。

卡罗尔·K.斯宾塞，贝克尔街1523号，斯克内克塔迪，纽约，我说道，12304。

随后礼貌　地　将笔放在了台盆里。

听梅格的　杰把我带去了院子　进行直白紧急鼓劲加急谈话。

这里，现在，89？杰说，黄昏。那里呢？白杨树。再过去呢？储藏间。大门。向日葵。这吹拂的东西呢？微风。看看这个。在上面。你到底知不知道那是一样东西？

太阳和月亮同时在天上。

你看上去焦虑不安，老兄。杰说，一声不吭。不像你平时那么活泼。

我眨眨眼。

愿意去拜访，我说。

拜访什么？杰问。

妈妈，我说。

哈，哇哦，有趣。杰说，讨价还价。真够进步的。那是不是你的，嗯，要求啊，89？就像，签字前的要求？我们带你去见你的母亲，你就签字？

是吧？我说。

我要和你开门见山了，89。杰说，我们有讲过开门见山吗？那是一种修辞。

实话实说，我说。

还记得**勇士屋**的那些蛾子吗？杰说，还有喷洒？它们就这么倒在了所有东西上？一动不动。我们把它们扫起来用袋子装上，所有那些事？那些蛾子。都死了。已经死了。很正常。记得格拉迪吗？之前打扫**勇士屋**的那位？还记得拉迪从什么时候就再也没来过吗？一个人到了一定年纪。

不是童子鸡，我说。

没错。杰说，这事发生在每个人身上。甚至你，甚至我，甚至我们的母亲。我是说，想想吧，89，你几岁了？75，80了吧？你的母亲会，自然啦，更老些。

院子上空低低地飞过一群排成V字的鸟。

*大雁。*杰说，那声音？嘎嘎。

嘎嘎声越发低沉，随着大雁越飞越远。一只大雁落到了后面 滑稽地飞得更快直到回到 他/她的V形队伍里。

我母亲是死亡，我说

哈，不，你母亲不是死亡，89。杰说，她是死掉了。已经死了。我们会这么说。抱歉。节哀顺变。一定很难受，忘记你母亲的存在，又想起她还在，接着马上发现她又突然死掉了？太痛了。我想我也很不好受，我一直都知道我妈妈存在后来死了。但是不幸的是，这就是一个人接受次等**刮除**时会发生的痛苦遭遇。

和我开门见山，我说。

刚已经说了，杰说。

再说一次，我说。

我们时间紧得要死，89，杰说。

我是怎么到这儿来的，我问。

后门猛地开了　成型的光照进来　光柱　照到杰　杰的鞋子　被光　照亮了。

格里姆在这儿了。肯尼迪·B.说，靠在门外。他需要帮助。带着随身设备。我的背痛死了，梅格背也痛死了。所以。

肯尼迪·B.进屋，把门扇上。

光柱尾随着。

院子是暗的。

再说一次，还是，说死亡，89？杰说，瞧瞧你走得多怪多慢。气有多短。你还健康，年轻力壮？我们，作为一家公司，为例行体检买单。慈善性质的。为了你们所有那些住在桥下的人。为许许多多人，住在许许多多桥下的人，遍布许许多多州。为了你们，结果呢？不怎么样。所以你，机智地，对你自己说，嗨，我是想在接下来的10到18个月里在桥下活活病死，和这群以前欺负过我，自我成人后就把我当狗屎的废人为伍，还是说去西部某些安全的地方，有好吃有好喝，有一群年轻同事组成的团队，他们会照看我，说不定还为我的生活带来些目标呢？

眨眼。

这就是QAPP说的。杰说，在次等**刮除**事件中，要是**相关人员拒绝所推荐的重新刮除，相关人员立刻从程序中移除并恢复他或她的原籍地**，那对你来说，兄弟，意味着：我们要把你运回东部，把你往之前的那座老桥下面一丢，任你和以前那群恶心的老家伙打架，待在烟雾和污秽里。我不愿意对一个我开始敬重，实话说，甚至喜爱的人做这样的事情。

眨眼。

抱歉如此直白，89。杰说，但是朋友的意义就是在此。

现在夜幕在天空中展开： 低垂，蓝色，黑色的 星星 遍布。

太阳已离去 月亮胜出。

月亮赢了。

在屋子里，有人 可能是格里姆 咳嗽。

窗内的猫咪看向外面 甩着尾巴 摇头晃脑 仿佛在说：为什么不让我做你的猫呢，89？

难过 虽然难过：

如果一片空白 那个雪橇男孩 那些蓝白的冬日 那个头发粘面粉的妈妈呢？

消失。

再也没有人想起他们了。

没有人想起妈妈　给我送来了蓝色的外袍　把我裹起来。

我亲爱的小男子汉　她说　想象一下你有一天能够在这个了　不起的世界上　实现美好的事情　你能让我　引以为傲　让你的母亲。

哦妈妈　哦抱歉妈妈　我没能够在这个了不起的世界上实现美好的事情

后门猛地开了。

光柱消失了。

梅格绕过肯尼迪·B. 走下门廊　穿过院子　奇怪地　走着　高跟鞋踏在湿漉漉的草地上　亲吻我的脸颊　把花朵放进我的口袋。

玫瑰花，肯尼迪·B.站在门廊上说道，意思是她爱你。

好吧，我确实爱你，梅格说。

来吧，89，亲爱的，我们进去。肯尼迪·B.说，接下来你要知道的事情，就是你一觉醒来，一个崭新的开始。

不要再朝后看了，89。杰说道，只向前看。从现在开始。

和我们一起，肯尼迪·B.说，你的朋友们。

永远，杰说。

这听起来很棒，不是吗，89？梅格说。

是的，我说。

不过我们能不能给几秒？我问。

我们能不能给你几秒？杰说。

你们能不能给我几秒？我问。

不知道为什么我们在游戏那么后面的阶段里还在句法上如此动摇，梅格说。

这很好，他想要一些自己的时间，肯尼迪·B.说。

他们穿过院子　打开门　光柱跑了出去。

光柱又跑了回来。

独自一人在院子里。

星星布满了天空，垂得很低很低　白杨树摇摆　储藏间发出青蛙的叫声　伴随着每一丝微风。

必须思考　花上我几秒钟——

我不是　现在不是　不再是　艾略特·斯宾塞　确实。

现在的　我　从来没当过酒鬼　从来没喝过酒　不想要　因为从来没喝过。

现在的我　有词语　新的和旧的都记得　我喜欢他　也就是我　希望他好　不想要失去他或是他关于妈妈的记忆　关于凶婆娘　关于我以前的学校　圣德米安　微风吹动旗杆绳索砸在旗杆上哐哐地响　文森特戴着他的手套给我拿来吸管糖并给自己拿来吸管糖　用另一只绿色的手套　因为我们是：亲兄弟。

远离家园　妈妈死了。

在这个世界上没有朋友也没有伙伴。

现在的微风更多了　白杨树疯狂摇晃着它们的叶子　每吹过一阵微风,大门就会咔啦咔啦地磕在门栓上。

就啪的一下　我知道:妈妈的大门　少了一道门栓　一定要小心　在开妈妈的大门时一定要小心　要用两只手　妈妈的院子真有趣　有那么多野

妈妈　提着野餐篮　冲过来　用篮砸我　我笑呀笑呀又

露丝在这　哈,露丝!　我想起你来了!　哦漂亮的　露丝　躺在树下　我刚刚　烂醉　就刚好把露丝撞倒　露丝倒在地上,拿着那只我给　她　的毛绒玩具熊:　你让我心碎,艾略特,我不会跟你结婚的要是你是最后

妈妈:艾尔,我的老天啊。你喝个不停还做了那么疯狂的

从露丝那儿　抓过玩具熊　把玩具熊扔到烤架上。

玩具熊烧起来了　我买给露丝的戒指依旧被胶带粘在爪子上。

瞧瞧你,白痴!妈妈说,你就是这副模样?把这些该死的钥匙给我。

从大门出去　坐上我的伊莱克特拉　全新的伊莱克

特拉。

妈妈垂下灰色的头颅很伤心　扶起露丝。

眨眼。

有点恶心，回想起　那些。

那个男人是我吗，现在的我?　我，现在的这个男人，还会撞倒露丝，把玩具熊扔上烤架，坐进伊莱克特拉，驾驶前往汤姆的炫目绿洲，喝得烂醉如泥吗?

不。

要是我　回到院子?　会把玩具熊从火里拿出来　把熊上的戒指摘下　把戒指给露丝，说：露丝，对不起，让我们相爱吧　直到永远。

可是露丝嫁给了菲利普，搬得远远地　我回想起来　我现在回想起来了。

要是露丝没有离开　妈妈不死亡　我会说：露丝，妈妈，那个时候的我不是唯一的我　我下面还有一个我　他希望表现得漂亮，就在这了不起的

看呀，露丝：　看呀，妈妈：　这个新的我　他是在什么时候离开的?

会尝试。

我走　穿过大门　用上了两只手　我出了院子　进入(哈哈，我现在想起来了)：一片地　一片空地　我从未感到一个人如此孤独　在外面的时候!　我的膝盖疼　不是童

子鸡。

什么时候 我会死亡呢? 我会不会独自死亡? 可能会。 对此有些害怕。 我必须说

但是我还没死亡

还没有死掉。

还没有。

依然没有。

世界在我面前展现出新面貌伴随着每一声踢踏的脚步和白杨树叶的唰唰声响 我对此说着感谢 只要世界焕发着新意 这里就没有死亡 我还有什么漂亮的事情没做呢?

这里是仙人掌 这个单词是我很久以前和妈妈一起看卡通片知道的 这些西边的树(就像啪的一下我就知道了)不是我们老地方东边的树 我知道 用心记着: 梧桐,山茱萸,山毛榉 我还不知道西边的树有西部的树的名字 但是会 很快会 会学到 我一直在学习。

知道:夜晚,星星,月亮。

知道:走路,知道骑行

知道:小径并且 微微笑 走上去。

我的房子

谁会把这样一颗瑰宝卖掉？有的，梅尔·海伊斯。他的名字。据山坡地产的乔丹说。他急着要卖掉。妻子病了，刚刚退休，没法保住这个地方。怪胎。乔丹说，他要求和所有考虑出价的人亲自会面。

我的天，我们一见如故。海伊斯个头高大，不修边幅，友善滑稽：是我失散已久的老兄。他曾经为村里工作，热衷历史。我也是，我说。我俩脸上不约而同地都冒出了史学狂的红晕。我最爱这处地方的一点也正是他所钟爱的地方：谷仓（建于1789年）；六根倾斜的拴马柱，每根顶上都雕刻了一张不一样的蛇头；有个被错判为叛国罪的罪人就是在那棵橡树上绞死的；小点的那棵橡树就种在了埋葬那个人的地方，直到十五年后他的家人才过来把他挖出来。

鬼魂？我问。

吼吼，他说。碰碰我的胳膊，意思是：关于这事言之不尽，朋友。

通往他病妻房间的门一直关着。但是房子里剩下的地方，好家伙。到处都是桃花心木和枫木打的书柜，奇怪的半间房里塞满了用盒子装起来的古物：一支大溪地的船桨，在安蒂特姆战役里演奏过的小提琴琴颈，一件华盛顿时代的儿童外套，沾满了那个年代的泥土。

不得了，我说。

我们运气不错，他说。

室内流露出疏于照顾的迹象，这多少归因于他妻子的病和他们资金短缺的状况。我决定为了我们之间这种惊喜的温暖，满足他的报价。

只是因为。

只是因为我有这笔钱。

等我们回到那处我在来的路上就无比欣赏的宽阔门廊时，我们已经是朋友了，而这所房子，看上去已经是我的了。他说，有一窝狐狸会在葡萄架间坐着。还有：那些山茱萸到了四月初会发了疯似的盛开白色的花朵。还有：冬天的时候你得注意地下室的墙壁是否有裂缝。

这栋房子有一种庄园大宅的感觉，坐落在高高的山上，俯瞰着这座古朴的小小村庄。

我想到我的朋友们心怀赞叹地穿过宽阔的前厅，伸长了脖子走上那道神秘蜿蜒的楼梯，接着我引领他们上楼来到那间屋子，在某年某月的某一天，某某在那里经历了一次难产。我要研究这座房子，并将我的发现汇编成一部用皮革装帧的书，它会被放置在通往昔日仆从住处的那间狭窄厅堂的五角形壁龛里。在我这辈子里，我始终坚信有朝一日我会住进一个像这里的地方，我一直忍受着这种存在于我想象之中的地方与我实际上生活的地方（在凯伊之前，和凯伊在一起，在凯伊离去后）之间的差距：它们低低的天花板，丑陋的暖气风口，空心的松木门。住在这里，在我的想象中，会驱散我所能感受到的一切限制。在这里能感受到——精工细作，是的，更有我的天啊——往昔，活生生的往昔：举办的宴会，觥筹交错，来自 1862 年的细微尘埃，1917 年的战时道别，深夜上演的低声呢喃永远改变了这些人的生活，他们曾走过这道道门厅，如今深埋在我来时经过的村庄墓地中，我的手摩挲着长了青苔的石头，出声地读出其上的名字，想着，可怜的家伙，你们再也无法在日光下行走了。

海伊斯在果园打断了我们的脚步。苹果和梨子曾经沉甸甸地坠在树上，铺满地上，他说，现在，唉，不行了。这里有某种疾病。他一直忧心忡忡。

他朝上指了指他病妻的房间。

我想，我会雇一名园丁，让它恢复健康。他似乎读到了我的想法，他脸上的表情在说：你现在出现在这里，管理这个钟爱之地，有决心这么做，证明好福气这种东西确实存在。

我们的握手似乎意味着：让我们抛掉繁文缛节，就把这事给结了。

想想就要我的命。他说，想到永远地失去这个地方了。

我理解，我说。

而且我也一样。我的思绪越到前方，难过地想到在未来的某一天我也一样，会永远地失去它。

这里是天堂。他说，始终是一处属于我们两人的天堂。

相信如此，我说。

或许，他说道。脸上浮现出一道神色。一道自我怀疑的神色，而我发现自己想要给予他所需求的一切。

这很奇怪，相当奇怪，在初次见面就如此地喜欢上某一个人。

说吧，我说。

或许我可以时不时地来转转，他说。

我则想：行啊，可以，当然，偶然能看到他也不错。

可他又说下去了。

待上一两天，他说，睡在客房吧，大概。

我没有说不，我没有。但是我脸上定是爬过了一丝神色。难道你脸上不会闪过一丝神色吗？来转转……行吧，或许可以。可待上"一两天"？"睡在客房"？他是说我的客房还是他们的？他们一度指定的房间或是那间我马上就要——

这太过了，某种程度上来说。

后来我想：他出去后便不会把我的话当真了；他不过是说说，想获得安慰。

我重拾我的礼貌。我说可以，当然欢迎他了，欢迎他们，永永远远，随时。

可现在他脸上出现了一丝神色。

随时，我说，真的。

他拍了下我的背，说我们现在知道情况了，朝着我的汽车做了个含糊、灰心的手势，像是说：就到这儿了，你知道在哪里，你走吧。

我想：太糟了。但是又想，哪里规定说我们俩必须要做朋友的？

我在车里坐了一会儿，仰望着那栋房子，已经深深爱上了它，是我这辈子最爱的地方。

我打电话给乔丹，让她开出全价，再加10%。第二天早上，她回了电话，神秘兮兮地。他似乎改了主意。关于卖房子。这真是奇了怪了，她说，他根本供不起那个地方了。他的中介也这么说。他们两方一起，试图搞明白究竟是哪里出了篓子。海伊斯的养老金紧张，他的妻子病得快死了，还有医药账单。这栋房子在市场上挂了两年了，我是第一个出价的。

你们说了什么？她问，做了什么？

他说，他有时候可能想过来，再住上几天，我说，像是过夜。然后我吗，你知道的，犹豫了。

那真奇怪。她说，我是说，这听上去完全在你的权利范围之内。

我也这么觉得。我说，我没有说不。我不过是……

然后就成了这样？她说，哇哦。

我们回到那里，开出了更高的价格，更高，直到最后，我们出的价是他挂出原价的三倍。

但依然不卖。

一月，他的妻子死了。我寄了一封吊唁信，请他喝杯咖啡，没有回复。我开始时不时地驱车经过那里，不过是为了折磨自己。那年春天，一棵倒下的树把侧屋图书馆的屋顶砸塌了。没多久，树变成了房子的一部分。一场夏日的暴雨过后，我如此钟爱的那道门廊的南侧往地里下沉了一尺左右；里面的三根柱子弯折并出现了裂痕。一根彻底断裂了，断成的两段横在院子里，屋檐耷拉着，你能看到里面被污物堵塞住的锈蚀排水沟。到了十月，前方的大草坪疯长，野火鸡在那里觅食。你看得到它们。又大又丑陋，像恐龙一样大摇大摆地走来走去。

在有些夜里，楼上的窗户会投下一道光。

我终于写了封信给他。难道就没有什么办法来补救这一切？难道把事情谈清楚，达成某种共识不符合我们的共同利益吗？我没有得到回音，又写了一封。我俩都是好人，我写道，这是一次双赢。难道我们不能让过去的就过去？我深感抱歉,我说,在那一刻我没能做出更加大方的回应。我只是吃了一惊。就一下,我没有说不,完全没有;我不过是犹豫了。难道那是一桩不可饶恕的罪过?一个人自然可以原谅一个瞬间的错误吧?

杳无音讯。

第三封信:如此冥顽不灵,他自己难道就不觉得难为情吗?我们两个老人现在正上演的不就是这个世界亘古以来的症结吗?难道他真的认为在出售房产的条件中将自己定为某种永久的访客是合理的吗?他是生活在什么样的梦幻国度里?

无回音。

第四封:你会死,我会得到这栋房子,相信我。为什么不现在卖了,拿着这笔钱过上更好的日子,而不是现在这副饱受折磨的模样,你凄凉孤苦地坐在那里,让那处美丽的地方,那处你钟爱的地方,你们两人钟爱的地方变得破败萧索。你可耻。我希望你正品尝着你傲慢的苦果,你这个顽固刻薄的老浑蛋。

这封信,我得承认,我从未寄出。我把信团成一团,把它扔进了火炉。

我患上了病。现在我病了。我的时间不多了。我烧掉那封信就是为了让自己做好准备,以尽可能纯洁的内心去面对即将来临的事情。

我需要再写一封。当然。我知道这点。哪怕是为了我自己。

　　我真心抱歉，我会先说，对我在其中的参与感到抱歉。说到底，你拒绝我时拒绝的究竟是什么呢？美好的一年，在这个美妙的地方。这本会让我很开心。但这又算什么，才一年，在这宏大的计划中？什么也不是。那十年，一百年，一千年呢？我要走了，朋友，我是要彻底抽身了，我认为你傲慢且错误，但是我现在没有欲望来治愈你。"你错了"这只是我的一个想法。我就快彻底抽身了。我认为你错了的想法将随我而去。"你是对的"这也只是你的一个想法。会随你而去。为了这一切，我希望你能得永生，要是这个地方在你周围崩塌，正如现在呈现出的样子，我甚至希望那会给你带来欢欣。它一直在你周围崩塌着，所有的一切一直在我们周围倒塌。只是我们活得太久，都没有注意到。我现在感觉到我身体里的真实。我尽量不被吓到。但我有时会害怕，到了夜里。如果你是一个会祈祷的人，请为我祈祷，朋友。本可能结成的朋友。本应会是的朋友。

　　这封信存在于我的脑海中。但我太累了，写不出来。嗯，这不是真的。我没有太累。

　　我只是没有准备好。

　　骄傲、生命和自我的涌动在我心中仍然过于强烈。

　　但我将达成。我会的。我还会再写信的。

　　只是我不能等太久了。